i

为了人与书的相遇

うつわを愛する

我爱器皿

［日］祥见知生 —— 著

匡匡 —— 译

广西师范大学出版社

目录

前　言 006

第一章　愿与器皿相伴为生 009

吉田直嗣　黑与白的世界 011

阿南维也　青白瓷与白瓷器皿 017

龟田大介　白瓷荞麦面蘸料盅与轮状平盘 023

横山拓也　白陶平板餐盘 027

吉田崇昭　风情内敛的青花瓷 031

鹤见宗次　鹤嘴钵与大盘 035

石田诚　红毛手瓷器 041

村上跃　陶壶 047

小野哲平　梳痕器皿 053

吉冈万里　彩绘器皿 061

巳亦敬一　空吹玻璃 067

村田森　蓝彩绘染花盘 073

矢泽宽彰　日常使用的漆 081

小山乃文彦 "白化妆"粉引 083

郡司庸久 洁净无垢之美 091

谷口晃启 白瓷四方盘 095

八田亨 三岛手陶瓮 097

小谷田润 耐热的器皿 101

矢尾板克则 矢尾板克则的美丽仙境 107

吉村和美 五彩缤纷的器皿 109

寒川义雄 质感坚硬的器皿 115

尾形淳 "土化妆"粉引 117

村木雄儿 茶碗的秘密 121

森冈成好 × 森冈由利子 南蛮烧缔与白瓷 123

第二章 与器皿度个蜜月 133

我们该如何置办器皿? 135

第一步,由粉引开始 139

青花瓷的潇洒 145

令人愉悦的南蛮烧缔 149

纯正的三岛手真品 153

融化于白瓷 155

我和器皿有一个约定 157

与器皿结缘 161

清洗器皿的快乐 163

入手一款花器吧 167

为厨房装饰几只彩盘 171

器皿的收纳 173

工作的器皿，美味的器皿 177

有关器皿的"可爱考" 179

造型礼赞 183

平常的一日 186

关于取名的那点小事 189

后记 194

前　言

某天，有位小朋友随父亲一起来到我的艺廊，为自己挑选了一款专用的杯子。据说是因为头天看到爸爸买回一件陶艺家的作品，就希望自己也能用上这么漂亮的东西。估计是压岁钱吧，小朋友从钱包里掏出仔细折成小小一叠的钞票，付完款，便面露开心之色，自豪地抱着纸袋离开了。

手捧陶器时，掌心感受到的是人手本身的暖意，以及从泥土中诞生的物品所独有的温暖。这种温暖，犹如灯盏，照亮人们的生活，滋润我们的内心。人生当中，能够令我们"以心相许"的，并不仅仅是人。我们也会信赖、尊敬、热爱那些与自己相伴度日的物品，比如动物、植物，甚或一把椅子。与它们相遇，令我们内心充盈着愉悦，日复一日平淡而寻常的时光，或许也会因此变得五彩斑斓。

我们生存所需的物品，不计其数。至于日常器皿，随便用什么都无所谓——抱持这种想法的，估计大有人在。可是，果真如此吗？人废食则不能活。"吃"这件事，形塑了我们的身与心，使我们获取维持明日生存的气力。若论器皿为何如此必需,那是因为,它们是我们生存下去的道具。与性别、年龄无关,就像一日结束之际令我们安心休憩的床铺,器皿对于每个人来说,都是不可或缺之物。

爱器皿,便是爱每日的生活。一款咖啡杯、一只茶盅、一枚盘碟或一个饭碗……假若能亲手觅得自己真正"以心相许"的器皿,珍重生活中与之相处的每寸光阴,那么便有了信心的凭依,得以在某时某刻,超越内心的恨意与孤独。沉默而可靠的美丽器皿,我愿与之相伴相依,度过心灵丰饶且高贵的人生。

与自己相伴度日的器皿,
应选择信赖且心仪的一款。
形状、色泽、分量、手感、姿态……
器皿,栖居于人的内心,
自匠人之手,来到使用者之手,
它依然持续生长,辉映我们生命中一去不回的珍贵时光。
我愿与内心钟爱的器皿共度光阴。

小野哲平
荞麦面蘸料小盅　直径 7.5cm × 高 6cm

第一章　愿与器皿相伴为生

融合了黑与白两种色彩的"白瓷铁釉"系列，能让你感受到属于吉田直嗣陶艺世界的细腻敏锐和匠心独具。

黑与白的世界

吉田直嗣｜承诺为你装点美轮美奂的餐桌

　　创办独立工坊之后不久，吉田直嗣便开始了"铁釉黑"陶器的制作，打造出了形态简洁凝练、配色沉稳凝重的独特天地。其后，他又通过调节白瓷的烧制工艺，和釉药配方的细微偏差，进一步拓展了器皿在质感和色彩上的呈现。与之前的黑色款一样，"白瓷系列"也构建出一个吉田独有的风格世界。他创作的器皿，由个性与感性完美融合而成，激发了许多人的共鸣。尤其以对服饰、家具等各类设计都触觉敏锐的年轻圈层为中心受众，确实增添了不少拥趸。身为一名备受海外瞩目的人气陶艺家，吉田直嗣将工坊设在了静冈县的御场殿。它位于富士山从山麓至山顶的半途之中，门前景色契合四季时序的流转，呈现出动人心绪的美感。

　　白瓷铁釉，是在白瓷坯体上敷以含有铁质和灰粉的釉药烧制而成。举例而言，便是作为吉田主打款的这种黑白结合的色彩表现。

白瓷铁釉钵
直径 13.5cm × 高 9cm

白瓷铁釉钵
直径 7cm × 高 7cm

圆润的形态和黑白两色的平衡运用，营造出惹人怜爱的气质。

　　吉田作品的魅力，在于运用简单的素材，制作简洁的器皿，却让人感到，在简素之中又蕴含着对比鲜明的复杂能量，勃勃生机涌动其间。静寂的氛围之下，确乎有某种活泼的气息存在，犀利迫人。这些特点，为作品赋予了一份舒适的张力。

　　通常来说，黑色器皿的特色之一，是令黏土中的铁质和釉药中的铁成分彼此吸附、融合，在器物表层呈现出复杂而深邃的黑色调。与之对比，使用瓷器土便不会产生这样的吸附效果，因此即使敷涂了相同的铁釉，在色彩表现上也格调迥异。图中这件黑白钵，白瓷的肌理之上泛出具有光泽的亮黑，别具风情，令人一见倾心。至于钵的底沿儿，索性并不上釉，只仔细加以打磨，使之触摸起来有种磨砂的手感，格外舒服。钵身的黑，搭配底部的一圈白，形成了赏心悦目的绝妙平衡。

白瓷铁釉马克杯
直径 6cm × 高 7cm

爱喝咖啡的吉田烧制的这款马克杯，杯柄曲线优美，杯沿纤柔细腻，拿起来手感适意，是它最大的魅力。

另一款白黑钵，不具有凝重的张力，而是给人更平易亲近之感。白瓷铁釉的杯体，形态圆润，因敷有少量铁釉，与黑白钵在两色的平衡感上也略显差异，惹人心动。另外，该系列还有内壁为白、外壁为黑，或者相反，内壁为黑、外壁为白的款式。总之，挑选这两只钵的过程，可谓心情愉悦。不过，这种可爱的风格，却绝非我们日常所说的"女性趣味"。吉田出品的器皿，无论采用何种表现方式，都不会给人卖弄风情、刻意取悦之感。它不"甘甜"，必定含有一丝"毒素"，从不迎合他人的口味。但恰恰是这一点，尤为可贵。

最近，在对吉田进行访谈时，有一点令我印象深刻。当我问道，"对你而言，何为器皿"时，他引用了在哲学家梅原猛的著作中邂逅的一个表达——刀刃边缘。

"意思就是，极其狭窄的夹缝或间隙吧。假如世上之物，既有

013

特别古拙素朴的，也有格外精美考究的，那我就完全达不到考究的境地。我虽说也喜欢那样精心雕琢的美感，但仅仅因为'这东西漂亮啊'，就去大量制作，会让我觉得十分别扭。所以等自己有所察觉的时候，我已经走到了一个风格糅杂的不同方向上来。当我思考'何为器皿'这个问题时，也意识到，自己做出的东西，古朴与精美这两种特质是兼而有之。"

总而言之，从吉田的器皿中，能感受到他观察事物的冷静视线，和几分爽快的知性气质。您觉得呢？我想不管怎样，吉田都是一位通过器皿制作，持续关注人的生存状态和生活风貌的陶艺家。而且，重要的是，尽管他重视设计，却并不单单拘泥其中。体现造型美感的同时，每件器皿作为"供人使用的生活道具"，也都具有它该有的温度。在吉田形容的那个"夹缝"天地里，大概充溢着无边的祝

将工坊和家建在自然风光宜人的富士山麓。

福与爱意,投向存身于世间的每一个人。因此我想,即使款式大同小异的器皿摆满眼前,许多长期使用吉田作品的粉丝,也能认出由他出品的那一件。

在吉田举办个人作品展之际,我有意寻觅一只式样简洁大方的蔬果盘。而由吉田出品的这款铁釉大盘,优雅的形态格外醒目。无论白色款还是黑色款,用来盛装色彩缤纷的蔬菜沙拉和凉拌菜,抑或意面之类的料理,都会在视觉上显得丰盛美味。又或许,盛放冰镇的应季水果效果也不错。这款赏心悦目的陶盘,保证会把我的餐桌装点得美轮美奂。

深邃而丰润的黑色盘，有能力将食材衬托得更加新鲜水灵、美丽醒目。

青白瓷与白瓷器皿

阿南维也 | 美妙的工作，传达出真挚的态度

陶艺师的工作多么美妙啊！使用白色素坯，敷上透明釉，如此烧制出的白瓷当中，有一些会因为透明釉包含的微量铁质而泛出青色，它们被称作"青白瓷"。阿南制作的青白瓷独具美感，让人联想到薄绿色的清澈湖面。其中完成度最高的作品，当属下页这件带盖陶罐。

看不到内容物的有盖陶罐，魅力之处在于能够激发使用者的想象力。通常盖子和罐体在烧制成形时，容易出现无法契合之类的瑕疵，是对做工精细度极有要求的器皿。而阿南的作品，却全然没有这样的现象，令人赏心适意。你会感叹，不愧是在陶瓷名镇有田町学艺出身的人物。由于盖子是平的，所以即使收进冰箱里，也可以和其他容器彼此叠放。实际用过就会知道，在使用的便利度上，

铁釉大盘
直径 27.5cm × 高 5.5cm

每当看到这款器皿，总会感慨它散发出来的静谧之气。有盖子的陶罐，既有动人心弦的格调，又兼具实用性。

从左起分别为白瓷碗、青白瓷碗、白瓷镐纹碗。形态优雅、静谧、富有格调。

陶艺师也放入了充分的考量。用它盛装一些佃煮[1]之类的腌渍小菜，直接摆上餐桌也很好看。只要手头拥有这样一只陶罐，就无需把食物特意取出或放入保存的容器，十分实用。

另外一款带有镐纹的盘器，一看即知在工艺方面对精巧度有着严格的要求。注视它，你会感到神清气爽、心情舒畅，不禁想要拿来一用。所谓"镐纹"，是用刀具在器物表面均匀镌出棱线、凹槽或勾出细筋的一种线刻手法。阿南出品的器皿，每件都有一种大方率直的美感，令人心悦。精心雕刻的道道线纹，带着韵律与节奏，可以从中窥见制作者的品格。这种看似只有起点、没有止境的枯燥

1　佃煮：将小鱼和贝类的肉、海藻等海草中加入酱油、调味酱、糖等一起炖，因调味浓重，而保存期长。江户时代作为常备食品被大家所珍视，也经常当作饭团和茶水泡饭的配料用。因发源于佃岛（现在的中央区佃周边）而得名。

青白瓷带盖陶罐
直径 8cm × 高 7.5cm

作业，阿南却耐心细致地坚持到了最后，可以感到陶艺师本人不馁的意志。这件作品出自谁手呢？——望着眼前的器皿，去想象制作它的幕后匠人，是件快乐的事。

阿南出生于大分县，从日本体育大学毕业之后，便进入佐贺县有田窑业大学学艺。是个搞体育出身的另类陶艺师。据说自童年时代起，他就是个擅长绘图和运动的孩子。怪不得呢。大学毕业以后，其实还有做体育教师这条职业道路，但阿南的志向是从事工艺美术方面的工作，于是就入了陶艺这一行。之所以敲开了有田窑的大门，是想做一名给瓷器表面描绘花纹和图样的画师。从这款镐纹盘上棱线的镌刻方式来看，我断定它出自一位喜欢精细作业的匠人之手，果然如此。

若干年前，阿南到访镰仓，与我初次见面之际，便直视着我的眼睛与我交谈。当时他一定十分紧张，没有闲心左顾右盼吧。可在我记忆之中，却觉得这种表现正说明他是一个不善谎言、值得信赖的人。阿南一向谦谦有礼，从不惹人不快，又有幽默感与亲和力，和他聊天是件开心的事，甚至可以忘记时间。我总想，要是朋友中能出这样一位人物该有多好！

跟阿南制作的器皿相处，也让人轻松适意，不觉疲倦。比如说，这只基本款的镐纹盘，盛鱼料理也好，肉料理也罢，都很相宜，根本不挑剔对象，可以亮相于任何场合，的确是款适合过日子的餐盘。

白瓷镐纹七寸浅口圆盘
直径21cm × 高3cm

基础款镐纹盘，盛鱼料理或肉料理皆可，不挑对象，活跃于各种场合。

精心镌刻了镐纹的平盘,散发出丰腴
温软的魅力。形态优美,格调高雅,
使用感受舒服惬意。

白瓷荞麦面蘸料盅与轮状平盘

龟田大介｜带你感受清澈无垢的初心

　　与我们日常生活朝夕相伴的器皿，款式、形态固然重要，但也不可忽略在使用上的耐久性。无论拥有怎样贴心又考究的款式，每到用时，假如内心总战战兢兢，生怕打碎了它，也不利于精神健康。每天重复取用时，即使下手稍重也不碍事，这才是作为日常器皿所不可或缺的品质。

　　此外，要让我愿意"跟它一起过日子"，还有一项条件。

　　那就是，清洁感。您或许觉得，器皿这东西哪有"不洁"的呢？那么换个说法，称之为"纯净感"，您可能就理解了。不仅是餐具，所有贴心照顾使用者感受的工艺品，都有着纯净无邪的灵魂。

　　我想，在这个量产消费品泛滥的时代，若能遇上一件好物，让人每次用起它时，都能感受到幕后匠人双手的灵巧优美，你就会乐意与之共度时光。

白瓷轮状平盘
直径24cm × 高4.5cm

左／白瓷镐纹荞麦面蘸料盅
直径 7.5cm × 高 6.5cm
右／白瓷刨光荞麦面蘸料盅
直径 8cm × 高 7cm

荞麦面蘸料盅，即可当作杯子又可当作小钵使用，兼具各种用途，呈现不同风貌，是款不可多得的宝物。

在大分县别府市从事陶艺制作的龟田大介，他出品的白瓷镐纹平盘，格调高雅、形态优美，颜色隐隐泛出一丝蓝绿，样式具有生活感，无论西餐还是日料都很适用，可以点亮每一张餐桌，令气氛热烈明快。而且盘子厚度适中，不管谁用起来都觉得称手。这件器皿，让你感受到对食材生产者的诚意，以及对料理人的敬意。因此，就连自己摆盘的手，也自然而然随之变得优雅起来。如果您是有孩子的人，希望您能为小朋友创造机会，让他从儿童时期就接触这样美丽的器皿。这样一来，孩子的心中或许就会充满期待，盼望有一天自己也能拥有它，用它做料理，用它盛美食。

龟田出身于福岛县浪江町，自家代代经营大窟相马烧[1]的瓷窑，出了好几名陶瓷匠人，将传统工艺器皿传承至今。龟田二十多岁时，因为当家的父亲突然过世，便作为第四代传人接下了家业，除了自身的创作活动之外，还同时兼顾着自家瓷窑的运作。2011年3月，东日本大地震发生之后，受到核泄漏事故的影响，工坊所在的区域变成了禁地，瓷窑的业务便难以为继了。

实际上，地震当日，龟田恰巧来了镰仓，因我不在的缘故，直到很久之后才见到面，但我却不禁感到与他之间有一种不可思议的缘分。地震之后，龟田将工作室迁往神奈川，不久，又移居至大分县别府市寻求崭新的施展空间，一直在那里待到了今天。

每当把图中这两只镐纹和刨光面的白瓷蘸料盅取在手中，心中就泛起微微的怜意，感到纯净无垢。它们手感轻盈，用起来惬意，一改白瓷器皿质地冷硬的印象，落落大方，泛着暖意。我在店里时最爱用的，是龟田移居别府之前赠送给我的白瓷刨光荞麦面蘸料盅，属于他福岛时期的作品，用柴窑烧制而成。不光适合喝咖啡，我还用它饮茶。大概有一种内在的坚韧气质吧，姿态洋溢着美感。

即将展开新生活的朋友，如果希望为今后的日子添置一些新器物，那么我会向您推荐龟田打造的白瓷系列。我想，它们日复一日提醒着我们，平时生活中最易被忘却的初心——千万不可忘记，器皿的功用之中包含着手艺人的初心！最好时常保有这样的意识。

---

[1] 大窟相马烧：在日本瓷器之中久负盛名，拥有300年历史，特征是微微泛青，布满细细的裂纹，1978年被日本政府指定为国家传统工艺品。——译者注。本书注释如无另外说明，均为译者注。

龟田始终保持向未来前行的姿态，将烧制美轮美奂的器皿作为自己的目标，去打造对人们来说具有实用价值的好物。在我看来，他仿佛用自己的手掌，温柔呵护着人们的心，为您递上希望的种子。这一切，都源于他人格中与生俱来的热忱爽朗。器皿这东西，果然反映着制作者自身的品格。

白陶平板餐盘

横山拓也｜衬托料理的极简之美

横山拓也烧制的白陶板，厚墩墩的，体态结实，像大块的白砖。是在黑土表面重复刷上一层层白色釉料，烧制而成的"原生风格"的器皿。陶板分大中小三种尺寸，使用时可以自由组合，厚度约为两厘米，存在感惊人，形态独特，不管是谁都会过目难忘。也有很多人向我询问它们的用法。门垫一样的白色背景上，嵌有裂缝似的黑色细纹，足具美感，如同一幅水墨画，又好似浮现在器皿表面的现代抽象画。

那么，用来盛装什么料理才能发挥这款器皿的魅力呢？有时，我总忍不住在摆盘上过度用力，加入太多元素。不过，对待这种自身风格比较强势的器皿，我会尝试配合时令，摆些不需深度烹调的季节性食材。在风格简洁的白色陶板上，食材愈发显得鲜嫩美味，本地特产的鲜鱼、当季的蔬菜天妇罗、芝士什锦拼盘、餐后的甜

将不同尺寸的陶板任意组合,用来盛装美食,就连想象这样的情景,也是一种快乐。

点……都会拼成一幅幅美图。以前,我在编撰一本介绍镰仓名店"鸣门屋+典座"的美食手册时,曾把自家腌制的酱菜摆在这款白陶板上拍过照。别提多酷了!让人不禁感叹:这,就是器皿的魔力啊!这样一款出色的器皿,搭配风格极简的料理,可谓相得益彰。

白色陶板
宽 14cm × 长 22cm × 高 2cm

将自家腌制的酱菜，美美地摆放在白色画布一般的陶板上，建立起人与器皿的亲密联结。

花色各异的瓷盘，比起只买一只，让人更渴望拥有全套。该系列风韵典雅、意趣盎然，充满魅力。

风情内敛的青花瓷

吉田崇昭｜巧用天然原料的真挚器皿

吉田崇昭的陶瓷工坊设在福冈县筑紫野市。走上一条小小的坡道，尽头是一片住宅区，一座以厚实木材搭建的美丽工坊，就坐落于此。

曾在日本陶瓷史上开创了崭新纪元的一个重要瓷器品类，就诞生于距今400年前的佐贺县西部的有田町。先人的智慧与匠心，直至今日仍焕发着活力。在这个陶瓷业的发祥之地，年轻的陶艺家们以展望未来的前卫之姿，不断向世间输送着作品。吉田崇昭，便是在有田町迈出了学艺的第一步。同为伊万里[1]烧，但早期风格的陶器之中，残留着些许粗砺的杂质。吉田受其吸引，便在有田的黏土里

---

1 伊万里：位于日本佐贺县西部，作为港口，因盛产陶瓷和煤炭而繁荣。伊万里烧，是以有田为中心的肥前国（今佐贺与长崎两县）生产的瓷器总称，其历史可追溯到江户时代。

菱形倭角多款花色青花瓷盘
宽 11cm × 长 13cm × 高 2cm

往素坯上描绘图案之前，用研钵和研杵将吴须[1]的染料调磨均匀。原本呈红褐色的釉料，在瓷器烧成之后会化为靛青。

掺入自己挖掘并捣碎的陶石，涂上混有草木灰的釉药，来烧制自己的器皿。

一定要像昔日那样，设法搞到天然的陶瓷原料，对此吉田格外讲究，因为据说这会给他带来无与伦比的快乐。百般摸索的过程中，他尝试粉碎陶石，调配釉药，烧制器皿，为了求得最优效果，反复试验。他说，这样的时刻无比快乐。

吉田借鉴了早期伊万里烧的样式，旨在制作韵致独具的器皿，同时也力求呈现自身的风格，并以此作为工作的信念。仅仅再现传统的古典样式，烧出的瓷器将无法融入当代生活。他不愿照着摹本

1　吴须：为瓷器着色的蓝色颜料，即发源于中国浙江的"折料"。"吴须染付"，是有田青花瓷最古老传统的着色手法。

与工坊相邻的展示空间，包裹在由木质素材打造的自然氛围之中。

简单复制，而是在自己心里消化吸收之后再输出。归根结底，就是希望制作出百分之百能够在日常生活中发挥实际用途的器皿。

据说器皿上的图纹花色，也颇能体现吉田自身的人格特色。如今，就连他早已用顺手的画笔，也是从古典瓷器的相关资料中获得启发，尝试了各种不同的毛笔之后才选定的。

为数众多的传统纹样之中，吉田最爱的一款是"纱绫形纹"，是将"卍"字的笔画打散后重构而成的连续花纹，画起来相当费工夫，却可以令人忘却时间。吉田始终以一名生活者的视角，去观察事物，动手创作。在有田学艺时，恩师曾经教诲他："唯有器皿留存百年。"不过，当年他在大学修习平面设计的时候，却憧憬着更具立体感的艺术表达，满心希望以泥土为素材做出更大型的作品。为了实现这

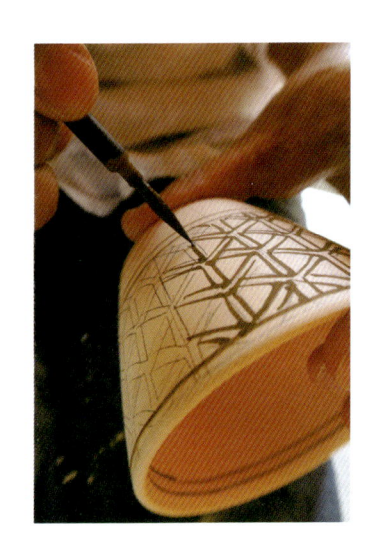

给素坯描绘花纹，是项需要毅力的工作，一笔一画，与落笔的对象耐心相处，匠人的精神便会切切实实经由器皿传达给使用者。

一想法，他前往信乐町，在当地的"陶艺森林"[1]待了一年，全情投入到用泥土烧制椅子的装置艺术项目中去。不过现在，他终于深刻领会了导师的教诲。为了制作能在实际生活中派上用场的器皿，他不遗余力，不再动摇。与其称吉田崇昭为"陶艺家"，不如说他所秉持的心态更接近一名"匠人"——独自面对着辘轳转盘，为素坯描绘花纹，淡泊、细致、勤劳不息。从他手上诞生的青花瓷器皿，散发着低调的风情，细腻婉约之中，又透出内在的强韧气质，充满了真挚的美感。

1　陶艺森林：是位于滋贺县东南部信乐町的陶艺公园，利用周围的自然森林景观，设置各种工作坊与展馆，汇集并展示陶艺家的作品，并举办文化艺术的交流活动。信乐町，以盛产陶器而闻名。信乐烧则起源于日本奈良时代，在室町时代因茶道的流行而作为日用茶具被广泛使用。

鹤嘴钵与大盘

鹤见宗次 | 引人爱慕的手捻器皿

以宽大的手掌、粗粗的手指来"捻"制陶器的鹤见宗次，充分利用混杂了碎石的泥土，持续创作出具有丰富韵味的器皿。时隔许久，我再度拜访他位于爱知县常滑市的陶艺工坊，他依旧以不变的笑容迎接了我。器皿的造型工艺，通常以转盘和倒模两种方式为主流。多数陶艺家都会谨守自己在学艺时期习得的方法，但在我看来，器皿的形态或样式，归根结底还是取决于制作者本人的身体性质及性格因素，也就是说，对于制作者而言是否更容易、更顺手。

鹤见一门心思坚持运用"手捻法"。假如说他"拘泥"于此，可能会遭到他温和的驳斥："哪有这回事啊！"他会直言不讳地向你解释："只不过用双手揉捏黏土，再一点点拉抻、塑形，这样的技法比较适合我而已。"大概的确如他所言吧。

手捻，可以说是陶艺技法的原点。用这种手法打造的陶器，魅

将成块的黏土放在转盘上，做出中间呈凹陷状的器皿雏形。

力在于那份无可争议的素朴。鹤见出品的器皿，带着粗砺的质感，触摸起来手感独特，保留着泥土原生的强韧，这种素朴的气息中饱含野趣，令人印象深刻。土坯的黑色，是经碳化烧制而成的。

鹤见宗次原本出身于关东地区，在常滑市立陶艺研究所修业之后，便直接在当地陶艺师统一运营的公共窑开设了自己的工坊。

以手捻技法来完成器皿的塑形，颇为费时，极需专注力。鹤见作品的魅力在于，一圈又一圈反复拨动转盘，一丝不苟揉捏手中的泥团，最终诞生出纯朴率真的形态，既无用力过度之嫌，又可见深刻的内涵。

小尺寸的器皿固然憨态可掬，但手捻的大盘，尺寸愈大风格愈显，也愈加动人。器皿这种东西，常会给人超出它实际尺寸的"体量感"，而鹤见的手捻盘，就有这种宽大舒展的视觉效果，用起来

手捻大盘
直径 28cm × 高 4cm

充分混杂了碎石的泥土,本身就具有丰富的表现力。用其制成的陶盘,散发出大方、舒展、豁达的气质。不必担心会被染色,无论西餐还是日料,都可拿来大显身手。

一丝不苟为器皿塑形：从圆圆的雏形开始，两根手指轻轻按住黏土的边缘，同时缓缓向上抻拉，来为器皿做出造型。直到最终完成，都要保持这种细致而单调的作业。

既方便，又痛快适意。

"核心家庭"日趋主流的今天，在家中围桌就餐的人数也随之减少，听说日常使用最频繁的餐盘，尺寸也渐渐由大变小。大号盘缺少机会出场亮相，总被束之高阁。如此一来，好容易入手的器皿不能物尽其用，未免可惜。我建议大家平时用餐时有意识地多用大号盘。盘子足够大，盛装料理时会有丰富的余地，就能选择自己中意的摆盘方式——煎炒或油炸的料理等，最好一气盛得满满当当，显得爽快豪气；也可以充分利用盘边的空白区域，以绿色蔬菜点缀，而后再盛入料理，覆盖掉整个背景；又或者，可以试着在盘中央摆上另一款器皿，进行搭配组合。摆盘时稍稍花点心思，就会特别有趣，只需多费一点点功夫，平日司空见惯的寻常料理，也能化作美味的盛宴。

手捻鹤嘴钵
直径 10/9cm × 高 8cm

画面前方是一款刚刚成形的鹤嘴钵，能清楚看到器皿表面残留的指痕。后方那只，则是烧制完工的成品。

话说回来,鹤见出品的器皿,总让人有种熟悉的亲切感,这是为什么呢?它会让我涌起似曾相识的感觉,就像异地旅行时某个偶然遇见的小巷角落,或平素时常出入的街区里不经意闻见的一缕晚饭的香气。是否手捻制作的器皿,都让人产生类似的怀旧之感呢?也或许,这是一种对自然原生之物的憧憬。与这些花费了大量时间,用双手一点点塑造出来的器皿接触,不管是谁,内心都会生出一股状似乡愁的情绪。我想,这是工业制品所不具备的一种魅力。

图中这只鹤嘴钵也让人心怀恋慕,是一件奇妙的器皿。它的外形,能自然贴合使用者手部的曲线,不给人陌生之感,让你想在日常生活中自由尝试各种不同的用法:把它当酒具固然合适,拿来盛调味的酱汁,或作为花器插上应季的花卉用以观赏也不错。总之,尽量不要收进餐具柜的深处,而是随时放在能看到的地方,平日里多多鉴赏和把玩。哪怕只是静静地摆在那里,都是一幅动人的景致,给你带来观赏的乐趣。

红毛手瓷器

石田诚 | 温柔、稳重、悠闲的器皿

世间之物,有的内涵广泛,易于理解,无论是谁都能轻松领会其中的道理;有的魅力之物则让人一看之下殊难理解,然而一旦置身入口之处,就会不断受其内在吸引,忍不住向深处窥探。在爱媛县松山市从事陶艺制作的石田诚,他出品的器皿,非要归类的话,我想大约属于后者。

石田诚同时启用着两座窑,一座是烧柴的穴窑,一座是电气窑。用穴窑烧制的器皿,统称"南蛮烧",是一种南方流传过来的无釉土陶。电气窑则负责制作使用普通瓷器土的白瓷,以及据说发源于欧洲、被称为"红毛手"的软陶器皿。但不管哪一种,都堪称专业陶艺人士最钟情的品类。

所谓"红毛手",是江户时代的茶商与爱好茶道的风流人士,赋予荷兰商船运入境内的舶来瓷器的一种广泛流行的爱称。其工艺

红毛手鹤嘴钵
直径 13.5cm × 高 7cm

形态朴素，气质温和，适于在日常生活中使用。

是，在瓷器土做成的素坯上涂以玻璃质地的釉药，然后相较于普通瓷器，以较低的温度烧制。用作原料的瓷器土，与日本爱媛县出产的"砥部烧"相同。

石田制作的红毛手，有白、米白、青、茶色等多种颜色，最近还增加了大理石色等新品种，为你的挑选更添一层乐趣。这些瓷器的每一款，都洋溢着温润、优雅、脱俗的魅力，没有那种令人紧张的犀利感，只散发出无尽的暖意。形态的圆润与柔滑的质感，彼此相宜，绝妙呼应，令人倍感松弛和惬意。器皿与人一样，也有自己的个性。气质温柔、沉稳、闲适的器皿，让人观之则心情舒畅。比如说，白色的器皿数不胜数，但石田诚烧出的白色却很特别：在白之中还泛出少女脸颊上那种通透稚嫩的红晕，动人心弦。据说，愈是深谙瓷器之道的人，愈是会在石田的白色器皿前驻足，想把它

红毛手轮状盘
直径 25cm × 高 3.5cm

乳白、青、纯白……无论色调或质感都很柔和的红毛手圆盘，搭配陶土器皿也风格相宜，无论任何场合都足以适用。

红毛手茶壶

小小的体型,透着萌感。质感柔和,更添可爱。

们和自己收藏的古董品一起搭配使用。尤其那些对荷兰代尔夫特蓝瓷深怀兴趣的人,会更加欣赏石田的作品。

最近,石田会以一种名为"铸型"的工艺制作轮状的圆盘,就是将辘轳塑出的半干素坯,覆在模具上来完成造型的一种手法。为了烧出精致的器皿,需要完成好几道工序,必须全神贯注地进行每一道工序。看起来,这些器皿好似工业制品,然而实际上,不经过细致的手工作业根本无法呈现。这是一份细致入微的工作。瓷器开始使用之后,釉质的表面有时会生出细细的裂纹,这种现象叫作"贯入"[1]。两件款式相同的器皿,即使同时开始启用,生出的裂纹也各自

---

1 贯入:在瓷器的釉质层浮现出的微细裂纹,日语又作"罅入",是鉴赏和品评瓷器时一个重要的着眼点。

红毛手浅底圆盘
直径 18.5cm × 高 3cm

新色系的几款褐色圆盘，调性温暖，与各种颜色的食材搭配得宜，最大魅力就在于好用。

不同。我向石田询问这种现象背后的缘由，他解释道："由于用的是天然原材料，就可能发生这种变化，您不妨试着去欣赏它。"贯入是一种产生在釉层和素坯之间的裂纹，所以难免会有人不喜。批量生产的瓷器就不具有这样的特点。所以，不妨抱着接纳的心态，去看待器皿的这种变化，在生活中观察它们不断改换的样貌，会是一件赏心乐事。

陶壶

村上跃｜用来沏茶的完美器具

每次拜访村上跃的陶艺工坊，他总用自己制作的器皿沏茶款待我。他的工坊，设在神奈川县西部临近相模湖的一片宁静住宅区里。日暮时分淡淡的光线下，我与他在客室相对而坐，品尝着台湾来的好茶。先在小小的陶壶内放好茶叶，再缓缓注入热水，而后往一只带嘴的陶钵里倒入两人份的茶，谨守每一个步骤，最后，以杯壁陡直、表面有砂粒感的茶斗来饮用。饮毕，须将茶斗持近鼻端，轻嗅余香。我也有样学样，遵循礼法先饮完茶，又闻了闻杯子。清香的余韵，让人有种奢侈的感受。"只要变换器皿的'上妆'手法，泡出的茶从味道到香气全都会随之改变哦。这是最近我自己试着用这套方式沏茶，琢磨出来的。"远离了喧嚣的寂静时光里，眼前沏茶的村上跃，手上的每一个动作都带着优雅的美感。人的举止和姿态能具备这样的美感，可非一日之功。

无釉黑色陶壶
直径 18cm × 高 9cm

形态自然、优美、圆润,从各种角度欣赏,都毫无多余的修饰,极具完成度。

壶身侧面残留的指痕，是器物最见匠心的"表情"。

  村上出品的茶壶，体态圆润，形似球体，只消看上一眼，就能捕捉它们姿态的端丽，于是连观者自身的姿态，也随之优雅起来。人亦如器皿，所谓"姿态优美"，并不单指外表，还意味着内在散发出来的风度与品格。隐藏在陶艺师内心的东西，是无法伪装的，清澈真挚的灵魂，会塑造出姿态秀美的器皿。

  每当把村上烧制的陶壶拿在手中，都能感受到他那一丝不苟的专业精神。色调、形态、风格……无一不精。他从不使用辘轳盘，而是以手捻法，不惜费时费工，一下一下细心而缓慢地捏出壶体的形状。如此制作的陶壶，姿态各异，绝无重复，壶身上还留有手指的痕迹，既优美又格调高雅。而且作为"沏茶的器具"，最需具备的一项品质便是"用起来舒服"，在这一点上，村上也令人不得不服。考虑到茶叶泡开时舒展的程度，壶身内侧要具有圆弧的曲线；为了

美丽的姿态，甚至能够改变四周的氛围；这款陶壶，从后方观赏，形态也十分美丽，凝聚着某种隐隐的张力，甚至改变了周遭的氛围，令人一旦拿起，便爱不释手。它会成为一件值得信赖的器皿。

最大限度析出茶叶的香味，他在设计方面做了各种细致的考量：每次倒茶时，出水干脆利落，绝不沥拉滴漏；用手工钻孔的方式制作的茶笸子，与壶体无缝契合，为防止茶叶堵塞，孔洞的大小亦经过了精心的调节。另外，总让我钦佩不已的是，倒茶时水流曲线的优美，简直让人叹为观止。之所以水流能够如此顺畅，秘密在于壶嘴内侧削磨得极度光滑。这个部分的解说，若不实际亲眼一见，恐怕您很难理解。刚才我提到了"秘密"这个说法，其实村上跃的陶壶中，暗藏的秘密或许远不止一个，而每一个秘密，都是为了泡出美味的好茶而不断精益求精的结果。专业意识，意味着制作者从未停留于一点，而是时常对器皿的使用感受是否舒适进行检验，不断对之进行改良，让成品更趋完美。

我在镰仓开办的艺廊，每两年会举办一次村上跃的陶壶展。而

展览上陈列的陶壶,因着形状、釉药,以及"上妆"手法各不相同,款式也形形色色。

我自己,在实际接触了他的作品后,却颠覆了之前抱有的印象。以往我从中感受到的是完成度之高、形式之美,以及前文介绍过的、具有开创性的舒适使用感受。这些特质,说实在只让我格外感叹制作者手工之精湛卓越,远超于机器之上。然而,通过在展览上与诸多陶壶面对面"交流",浮现于我心中的,却是一种更为人性化的印象。用一个词来概括,便是"信赖"。比如说,愈是体量大的陶壶,重量愈轻,即使长时间拎起来倒水,手臂也不觉得辛苦。这种对重量的考量十分花心思,而类似的新发现还有很多,对使用者的体谅和关照随处可见,令人感动。所谓"使用之美",其本质正在于此。我对村上跃的陶壶"再见钟情"。不过,当我把这些想法告诉他时,他却酷酷地答道:"我制作的器皿,光是拿在手中把玩,不实际使用也 OK 啊。假如有人对我说,'买你的东西只是为了拿去做装饰',

倒也挺好。即便如此,也是件值得开心的事。"

  展览上,陈列着形形色色的陶壶。有些客人会将它们捧在手上,甚至做出往里面放茶叶的动作,花费时间精挑细选,最终觅到一款自己心仪的茶壶,得出"这只最好"的结论。望着他们陶醉其中的样子,会发现每个人脸上都洋溢着幸福。只要客人对买下的第一只茶壶感到满意,便会生出再买第二只的念头,为此而再度光临。这些客人,对制作者的匠心抱有深刻的共鸣,尊敬这份才华与品格,脸上写满了与最高贵的器皿朝夕相处的自豪。这种信赖感,便是器皿与人之间的"幸福纽带"吧。

梳痕器皿

小野哲平｜具有强烈存在感的器皿

　　小野哲平，定居于四国高知县一片海拔四百五十米的丘陵地。该地分布着广袤美丽的梯田，小野扎根于此，从事陶艺制作。自年轻时起，他就对融入现代社会抱有一丝轻微的抵触。他不断摸索着"创作"的意义，烧制出来的器皿，风格强烈又散发暖意，拿在手中，会感到心情舒缓而平静，甚至会让人心怀憧憬：何止是器皿，莫非自己的人生当中，也能有幸遇到如此值得信赖的事物？小野出品的器皿，就蕴含着这样强大的能量。

　　这份潜藏的秘密能量，究竟是什么呢？为了寻求谜底，我造访了小野位于高知县的陶艺工坊，在有限的时间里，与他展开了一场酣畅淋漓的深谈，了解到四季变幻的梯田美景，对这位陶艺师的创作带来了怎样深厚的影响。"生活"二字，说起来简单，然而"创造生活"，却事关我们如何度过自己的人生。小野将自己在亚洲四处

梳痕七寸盘
直径 21cm × 高 3cm

用柴窑烧成的梳痕盘,风格强烈,也散发出小野哲平独有的个人气质。

四季风光旖旎的田边生活

小野的陶艺工坊门前,是一片代代相传的美丽梯田,风光如画,随四季流转呈现出不同的景致。冬日里一片银装素裹,可以欣赏到皑皑雪景。

旅行时积累的见闻,以及从日常琐事中收获的微小感悟等一切心灵感受,全都经由自己的双手,转化成了陶艺作品。人类未来该何去何从?关于这个命题,他比任何人都态度真挚,希望通过自己的工作,去探知其中的答案。小野的话语时常犀利戳人,不过此刻他最想表达的,其实可以用一个简短的词语来概括,那就是"别忧虑"。他说,自己制作的东西,并不局限于"器皿"这种物质形态,而是通过把器皿送到世人手中,不断向更多人强调一种人生态度——别忧虑。而我,的确从他的作品中听到了这句话。

小野的器皿,以爱知县常滑[1]时代盛行的"原土"作为材料。所

---

1 常滑:指的是以爱知县常滑市为中心,且覆盖其周边区域的知多半岛地带。该地乃日本六大古窑之一,其历史可追溯到平安时代,已达千年之久。常滑出产的器皿被称为"常滑烧"。

梳痕咖啡杯
直径 7cm × 高 6cm

质感温暖，韵味十足，世上仅此一款，也是其魅力所在。

谓原土，就是刚刚采挖出来的泥土，与通常烧陶所用的精细土，质地迥异。亲眼见识了制备坯土的过程后，我深切体会到尚未成形为器皿的泥土，质地有多么坚韧。当我的双脚刚一踏入工坊，立刻情绪高涨、心潮澎湃，好似与什么东西产生了强烈的共鸣，这着实不可思议。莫非是泥土散发出来的莫名能量，弥漫在空间里的缘故？

有些陶艺师或许会挑战传统，不断寻觅和尝试各种新土，但小野却充分相信某一种土所具有的潜在可能性，始终如一地坚持使用。

近年，他发表了一系列带有"梳痕"的作品。这是一种类似于镐纹，在器皿表面装饰线形纹路的手法。但他却不愿沿用"镐纹"这个叫法，而是称之为"梳痕"，由此可以窥见小野自身独有的坚持。

趁素坯在辘轳上刚刚成形、尚未干透时，用金属的梳齿在土胎上划出道道线条。我在小野的工坊实际参观了这一作业过程，随着

梳痕水罐
直径 10cm × 高 18cm

落落大方、风格沉稳的陶罐，具有一种健康的美感，作为日常朝夕相伴的器皿，让人无可挑剔，百看不厌。

柴窑一年之中只点火四次。装窑，是左右器皿最终成色的重要工作。

他的手不停上下挥动，器皿表面也渐次布满了线条。此时，律动的不仅是他的手部，从上臂到整个身体，都为完成这件器皿铆足了全力，处于动态之中，仿佛有一股信念驱动着他的身体。这是一份超乎想象费时费力的工作。

用柴窑烧出的梳痕器皿，原土里包含的铁质会化成黑点浮现在表面，让器皿呈现的"表情"更为丰富。梳痕与黑点的美妙平衡，也更增添了几分观赏性。拿起图中这款梳痕荞麦面蘸料盅，果然手感别致。这小小的杯身，过去似乎从未让我有过如此踏实的感觉，简直要忍不住赞叹，向陶艺师致敬。

在东京青山"Life Style Shop"举办的小野哲平展"Openness·开放的器皿"上，一件又一件柴窑烧制的器皿，被交到参观者的手中，甚至包括那些平素极少涉足艺廊的人。当中许多客人，肯定初次接

梳痕陶盅
直径 7.5cm × 高 6.5cm

这款陶盅,用起来十分称手,无论装咖啡或酒,都毫不违和,让人忍不住想据为己有。

触如此具有作者性的陶土器皿，不知他们是否领会到了小野传达的理念。

不，这点其实无需担心吧。这些令人倍感踏实和信赖的器皿，一定会时时出现在大家的餐桌上，坚定不移地支撑着人们每日的生活吧。

彩绘器皿

吉冈万里 ｜ 欢欣明快，予人鼓舞

　　吉冈万里，出生在奈良县樱井市一座著名古刹——长谷寺的脚下。他将自己的陶艺工坊，也建在了这片绿意盎然的土地上。当年吉冈在美术大学读书的时候，曾一门心思沉迷于美式足球，且刚毕业不久，便开始致力于后辈队友的培养，于是好长一段时间里，都同时保持着大学体育联盟教练和陶艺师的双重身份。

　　刚作为陶艺师出道那会儿，吉冈的个人风格糅合了粉引[1]、刷毛目[2]、铁彩[3]三种元素。对于体育项目诸般精通的他，拥有良好的身

1 　粉引：陶瓷术语，又作"粉吹"，意思是"像抹上了面粉一样白"。这种工艺自朝鲜李朝时代传入日本，具体做法是，在颗粒粗糙的白色素胎表面进行"白化妆"，即刷上一层层白色的颜料土，最后再涂以透明釉来柔化表面反光，并使之更加平整。
2 　刷毛目：即在器皿表面故意留下刷子痕迹的一种上釉手法。
3 　铁彩：一种陶瓷装饰手法，即黑釉铁锈彩花，是在施挂了黑釉的土胎上，用富含氧化铁的颜料描画花纹，而后经高温烧成。

彩绘深钵
直径 30cm × 高 10cm

吉冈的作品中,时常出现以四叶草为素材的彩绘。色彩明快,意趣盎然,为人们的生活赋予了朗朗生机。

体协调性，对辘轳盘操纵裕如，再加上开朗的天性，经他手制作出来的器皿，博得了极高的人气。

以前，女性时尚杂志开始将目光聚焦于家居领域的那阵子，特别热衷于做一些介绍陶瓷器皿的特辑，吉冈君的作品时不时便会登上封面，在人们心中留下了一个固定印象——提到吉冈万里，就代表粉引、刷毛目那种安详平和的画风。谁知有一天，他却突然搞起了的靓丽花哨的彩绘，让周围的人大吃一惊。

我试着向吉冈本人打听他从事彩绘的契机，却得知可以一路追溯到他的学艺时期。据说，当年他在师父川渊直树家中看到一册关于陶瓷的古籍，当中介绍了中国的宋赤绘[1]，因此受到了启发。所谓宋赤绘，就是宋代出品的一种在素坯上描绘花纹与图案的陶器。虽然无缘一睹真品的风采，但想必许多人都在各种陶瓷图鉴中见到过——它们属于半瓷质地，质感柔和，器皿表面布满彩笔勾勒的艳丽花纹，风格强烈，极具视觉冲击力。吉冈为之心动不已，暗暗憧憬着何时自己也能做出如此精美的器皿。

吉冈出品的彩绘器皿，用陶土和瓷器土比例各半的混合土制成。先在成形的土坯上施以"白化妆"，入窑进行素烧；而后刷一层透明釉，入窑以1210摄氏度的高温进行本烧；最后，用陶艺的彩料描绘上花纹图案，入低温窑再烧一遍使其着色，这才宣告完成。虽

---

[1] 宋赤绘：又叫"宋加彩"或"金加彩"，是在1200摄氏度高温烧成的白釉坯上，用笔蘸取红绿黄等彩料勾画出纹饰，再入窑以800度左右的低温烧成的瓷器，由于多用红绿两色，因此亦称"红绿彩"。这种瓷器在宋金时期山西长治的八义窑发展成熟，是世界彩色瓷器的鼻祖。

彩绘八寸盘
直径 25cm × 高 4.5cm

农夫卡洛斯在盘子上自由舒展着身姿，别有意趣。

为半瓷质地，但或许是在高温煅烧下增加了强度的缘故吧，它们十分结实，即使稍微摔一下，也不会碎裂。从这些彩绘器皿之中，可以感到吉冈对日常使用时的体验赋予了深刻的考量。

身穿红衬衫，肩扛锄头——吉冈万里塑造出来的这位名叫卡洛斯的墨西哥农夫，成了大家的"老熟人"。他耕田，种菜，在收获祭时放声歌唱，偶尔还会高高兴兴地喝个大醉，随时欢乐，总是开朗。另外，盘子上还用随意的字体写着一句西班牙语：尊重每一个生命。这是吉冈万里送给大家的箴言。

我去工坊拜访时，吉冈向我展示了许多自己小时候的蜡笔画。那富于节奏感的笔触，洋溢着欢快的气息，无论当年还是现在，都别无二致。"真是没有什么进步啊！"吉冈本人笑着说道。我想，这位陶艺师内心的本质当中，便携有与生俱来的开朗天性吧。

彩绘八寸盘
直径 25cm × 高 4.5cm

充满魅力的动物系列，画出了灵动的姿态、勃勃的生机。

我在镰仓的艺廊，每年伊始，都会以吉冈万里作品展作为新一年的起点。带有粗大杯柄的马克杯上，有的绘着十二生肖的图案，想来看一眼这套作品的客人络绎不绝。针对每一款图案搭配的诙谐语句，也是不容错过的看点。当灯笼鱼[1]亮相的时候，旁边则用西班牙语写着"宝宝我靠自然的能量生存"，令人莞尔。这些语句，都充满吉冈独有的幽默感。最近，以动物为题材的作品多了起来。在"DEAN&DELUCA"的"工作的器皿，美味的器皿"展上，牛、猪、鸡、龙虾等动物纷纷亮相于餐盘，每一款都洋溢着生命力，气质明快，生机勃勃。这套作品收获了巨大的人气，开展首日即热卖一空。

---

1 灯笼鱼：即鮟鱇鱼，日语写作"提灯鮟鱇"。这种鱼栖息在深海，头部有两个发光的突触，形似灯笼，因此得名。同时，日本动漫《宠物小精灵》（又名《口袋妖怪》）中的神奇宝贝灯笼鱼，也是以此为原型，闪光的触手是它们放电和联络小伙伴的工具。

吉冈将器皿作为画布，以玩耍的心态，自由自在描绘着彩色的图案。这些器皿，为每日使用它们的人带去鼓舞，帮助人们积极乐观地生活下去。饰有丰富彩绘的餐盘，最适合盛放那些诞生在阳光普照的地域，且色彩明快的菜品，例如鸡蛋料理，或放满了鲜红番茄的意大利面等。

空吹[1] 玻璃

巳亦敬一｜洋溢浪漫风情的工作

人有时会恋上一件器皿。一见钟情，而后就成了"裙下之臣"。巳亦敬一制作的玻璃甜品杯，便是这样深具浪漫情调的器皿。巳亦是北海道历史最悠久的玻璃品老字号"丰平硝子"的第三代掌门。这间老铺，出产了许多人人皆会为之心动的深色玻璃器皿。大概这样的色调，对人有一种神奇的吸引力吧。因为，在我们头脑储存的诸般风景之中，或许有那么一种，是能唤起眷恋感的糖果色。

东京国立新美术馆地下的 SFT 艺廊，举办过一场名为"巡回的器皿，周游的器皿"的作品展，当时曾委托所有参展的陶艺家，将自己日常工作时看到的风景拍成照片，并附上几句文字，提交给主

---

[1] 空吹：人工吹制玻璃的一种工艺。用铁质吹管的尖端，卷住熔化于 1400 摄氏度的玻璃球，用力吹气，同时调节形态的变化，即可制成玻璃器皿。另一种吹制玻璃的方法叫作"型吹"，是将软化的玻璃放入木制或金属的模具内，然后按照模具的形状进行吹铸。

鸡尾酒杯
直径 8cm × 高 14cm

造型富于立体感，杯脚的切削弧线优美。

办方。所有照片中，以巳亦拍摄的那张令人印象深刻——清晨雾霭濛濛的湖面氛围肃杀，初冬的湖景，笼罩于一片寂静。从巳亦的工坊驱车一段距离，便会抵达支笏湖畔，照片就拍摄于此，一派摄人心魄的庄严景象。据说，巳亦每逢休息日就会到这个安静的地方来，垂钓为乐。

我时常会思考人与环境之间的关系，认为对大自然抱有敬意或畏怖之心，是艺术家进行创作时不可或缺的根本姿态。巳亦的玻璃器皿向我们展露的品格，与那张风景写真之间，有着美妙的联系——有一种真挚诚恳的目光蕴含其间。

经由这些空吹的玻璃器皿，可以看出巳亦独具个人风格的优美的线条运用。提到玻璃器皿，人们脑中浮现的，通常是把它们搭配瓷器来使用。但巳亦的作品不止能搭配瓷器，甚至与未上釉的素陶，

由上至下

带脚杯
直径 9.cm 5 × 高 9.5cm

甜品杯
直径 11cm × 高 7cm

鹤嘴杯
直径 12/14.5cm × 高 6cm

风情浪漫、美轮美奂的玻璃器皿,不知何处令人莫名感到亲近,它丰富了我们的生活,将之装点得更为缤纷多彩。

热火朝天之中持续劳作

炉火烧得红彤彤的高温窑里,巳亦不断重复着手上的作业。窑的温度管理、玻璃的吹制……正是工作本身,造就了巳亦的生活节奏。

或三岛手[1]那样的白土纹灰青陶器,也能完美相衬。它们从外观到姿态都具有显著的日式风格,让人禁不住想称之为"和器"。更令人开心的是,还可以用来装酸奶、水果、醋渍泡菜或凉拌菜等,一年四季都能亮相餐桌。在颜色的拼配、装饰的设计方面,它们也具有极高的原创性,细腻手工呈现出来的精致品格,批量生产很难效仿,让拿在手中想要使用的人,每次都为之怦然心动。而恰到好处的厚度,也让使用的感受无可挑剔。所谓浪漫美丽的工作,就是这样贴心地为使用者考虑,制作具有实用性的工艺器皿。

---

[1] 三岛手:15—16世纪,由朝鲜李朝时代传入日本的一种陶器,工艺特征是在尚未干透的柔软的灰色陶坯表面,镌出各种花纹的凹痕,然后以白土填充和镶嵌进去,由于使用的陶土中铁质含量丰富,因此烧成之后整体呈现深灰或青黑色调,加上白色的纹饰,风格古拙素朴。

高温的玻璃泡会在冷却过程中成形。而形态的浮现，往往就在一瞬之间。

　　待开年之后，巳亦就要为夏天的个展起手准备新作。他不画草图，只在心中对形态和颜色的组合搭配加以想象，通过实际动手试做，反复进行实验——削去多余的部分，弄清楚哪个点恰到好处，然后在那个瞬间及时停手——就像绘画一样。

　　巳亦上小学的时候，就开始协助身为上一代掌门的父亲做事。当时，家族工场还有其他十余名玻璃匠人，气氛融洽，活力十足。在塑料制品流行起来以前，药瓶之类的容器都是玻璃做的。一到暑假，巳亦就和工场的匠人们混在一起，帮大人们干活。因此，玻璃器皿对他来说，一直都是身边的亲近之物。

　　二十多岁时，巳亦曾出游欧洲，花了四十天时间，走访了各地的玻璃工坊。据说，作为陶艺家，他个人风格的形成，也是受了当年参观经验的影响。尤其令他念念不忘的，是位于瑞典的一家工坊。

该工坊的制品风格率真、气质温暖，仿佛能让你感受到来自他人手心的暖意。

父亲给巳亦的教诲是：即使再麻烦的工作，也要不厌其烦、竭尽全力做到完美。"温故而知新，父亲总是把这句格言挂在嘴边。"比如说，父亲告诉他，吹制六角杯之类的多角形器皿，不使用模具是十分困难的，但拼尽全力去做这件事，依然有它的意义。不要心浮气躁地选择最轻省的办法，而要用自己掌握的技艺逐步去完成它。如此一来，器皿就会生出一种深层的韵味，并且会切切实实传达给使用者。

"正因为拥有当下的快乐，才能持续不断地做下去。之所以能在这个领域走到今天，大概由于我真心热爱这份工作吧。" 直到季节结束，烧窑的火一次都没有熄掉过，巳亦一边操持每日的温度管理，一边全身心忙碌着玻璃的吹制。在这种不断重复的劳作中才得以诞生的器皿，该是多么温暖啊！

蓝彩绘染花盘

村田森｜一流的光彩，出色的幽默感

多么风趣俏皮啊！所谓自由自在、无拘无束，就是用来形容这种舒服的画风吧？我深切体会到这一点，是在某次晚宴上。当时使用的食器，都是由京都的陶艺家村田森提供的。一排排摆满餐桌的蓝彩花盘，是村田特意为当晚的宴会制作的原创器皿。一枚又一枚餐盘，花纹各异，村田用自由阔达的笔调，绘出了跃动之感。

提到村田森，脑中首先浮现的便是青花瓷和蓝彩绘染。尤其以萌萌的小动物插绘系列为许多人熟知。下面这张照片中的咖啡杯，便是他制作的第一代小动物插绘器皿。即使放在今天来看，也依旧觉得是件魅力不减的作品。绘在杯壁上的小鸭子，憨态可掬，充满爱娇，当中倾注了画师深深的爱意。"白天出门，晚上回家，我家鸭子君觉得它自己是个人哦。"——我又想起了当初村田说的话。他的原创插绘器皿，获得了巨大的人气，无论饭碗、餐盘，还是盅或钵，

有小动物插绘的咖啡杯,娇憨的萌感,深获人气。

小动物形象都跃然其上,成为出场率极高的主角。它们可爱潇洒的身姿,俘获了多少人心啊!

之后,村田又创作了许多形形色色的动物插绘器皿。同鸭子君一样,和村田一起生活的小伙伴——狼犬"忍者三平",也亮相在各种器皿上。

那么,再来看看另外两款改变了画风的"绅士淑女宴会图",其中充满了村田特有的幽默感。这两只直径超过35厘米的大盘,描绘了绅士和淑女分别各聚一群,各开一席,围绕着餐桌中间的菜肴举行宴会的情景。男客这一桌,各个举止豪放,带着几分黑道大哥的劲头,手举食物或杯箸,围着一头烤乳猪,推杯换盏,开怀畅饮。至于另一边的女士席,则是一群家庭主妇凑在一起,围着圆桌中央的意大利面,和自己的邻座或意气相投的朋友聊得眉飞色舞。这桌

绘染八寸盘
直径 24cm × 高 4cm

参观了意大利米兰家具设计展后，刚一回国，村田森就制作了这套蓝彩花盘。笔调自在无拘，个性洋溢，气质清新洁净。

女客人全都是中年女性，肩膀堆满赘肉，背部浑圆，生着双下巴……人物特征抓取得十分生动。假如购买者是位女性的话，见到如此逼真的刻画，恐怕会大喊："真是够了！搞什么鬼！"村田就像个恶作剧的小男孩，带着调皮的童心作画，笔下的人物次次都让你感叹："这种人啊，见过见过！"

虽说绅士淑女被分别画在了两只盘子上，但仔细一问，才得知他们分别都是夫妇或恋人、情侣，更平添了一层意趣。此外，还有一个描绘人物玩"石头剪子布"的猜拳系列，更是充满童心童趣，令人一见难忘。

在我看来，原创性是一种无法模仿的闪光特质。从村田森的作品中，能够时时感受到它的存在。村田不断寻求着某种任何人都难以企及和效仿的风格，他出品的器皿，令许多人深爱不已。个中原因，我想大概是，它让每位使用者都深深领会到，能够和这样一位出色的陶艺家生活在同一时代，是多么地快乐。

笔意自由豁达，画风清爽舒畅。圆形、方形、涡形、菱形……望着这形形色色的花纹，似乎能体会到作者欢快雀跃的心情，顿觉神清气爽。能邂逅这样的器皿，结识一位心仪的同龄陶艺家，不由倍感欢喜。

"绅士淑女宴会图"大盘·绅士篇
直径 36cm × 高 6cm

作者是从何处落笔开始画起的呢?环绕圆桌的每个人,表情都栩栩如生,不知不觉间将你带入画中。

"绅士淑女宴会图"大盘·淑女篇
直径 37cm × 高 5.5cm

此处呈现的是什么样的聚会场景呢?
每位人物的个性都凝缩在画面之中,
风趣的刻画,显露了作者出色的幽
默感。

高高的圈足、毫无修饰的外形，朴实无华。色泽低调柔美，可以作为家常餐具每日使用，惹人珍爱。

日常使用的漆

矢泽宽彰｜足具器皿之美，足以陪伴一生

镰仓的传统工艺品中，有一种漆器叫作"镰仓雕"。矢泽家从祖父那一代起就开始从事漆器相关的制作。矢泽的父亲也是一名漆艺家。据说，矢泽从孩提时代起，家里所用大小餐具就一概是漆器，在这样的环境里长大，有时他到朋友家去玩，发现人家根本不用漆器，甚至会觉得好生奇怪。

矢泽宽彰选用樱花木与桂花木等日本古来有之的木材，依据其质地属性，精心调节器皿的颜色与形态。他希望打造的，是可以融入日常生活，在家庭餐桌上随心使用的漆器。图中这两款朱红与黑色的樱木碗，是矢泽的代表作，我本人已经彻底爱上它们，三年来每天都用，因此才想介绍给大家。三岛手、灰釉、未上釉的素陶，等等。漆碗的优势在于能和这类土陶器皿和谐搭配，是我心头的不二之选，简直有了它就别无所求。两只漆碗不折不扣继承了漆器

樱碗
直径 10cm × 高 6.5cm

应有的品格——家常、随和、平易,有种令人亲近的魅力,这大概和矢泽生长于漆器世家不无关系。他不会把漆器看得有多特别,从褒义来说,作品因此才得以形成一种"家常之感"。

提起木制器皿,它们当真很具有"说服力",只要用上一次,就让人从此爱不释手,就算表面有了划痕,也可以重新涂漆修补,是当之无愧"足以陪伴一生"的器皿。

"白化妆"粉引

小山乃文彦 | 打造美丽的日常

小山乃文彦一天的生活，由清晨五点半起床开始。烧水，沏茶，把当日报纸通读一遍，之后就牵狗出门散步四十分钟左右。然后回家，收拾打扫。上午的时间，要么干点田里的农活，要么制备陶土。吃完午饭，就转起辘轳盘，给泥坯切削、塑形，一直干到傍晚七点。晚上则跟家人一起悠然度过，花时间吃一顿自家田里收获的蔬菜做成的晚餐。就寝据说是在夜里十点。

位于爱知县知多半岛的常滑町，是日本六大古窑之一，盛产陶瓷器，具有深厚的地方传统风格。它临近"中部国际空港"（名古屋），常有许多海外宾客来访。

小山从孩提时代起，就喜欢手工制作，经大学陶艺社团的熏陶后，又进入常滑市陶艺研究所修习技艺。他的毕业制作，据说是从

粉引茶壶
直径 10cm × 高 10.5cm

最近我用来泡中国茶的一套小茶壶和茶盅。

家乡熊本县随处可见的装饰古坟[1]获得启发，在手捻的立体造型上涂以油漆制成的极富装饰性的作品。

如今，小山主要致力于粉引的制作——大致是基本款的茶壶、饭碗、钵与盆等，他坚持按照自己的理念来打造器皿。这种在红土上施以"白化妆"做成的器皿，以它充满柔和美感的白色肌理，博得了人气。

小山身上有种显著的"粉引匠人"气质。不过，能走到今天，他其实经历了一条迂回曲折的道路。当年，刚刚作为陶艺家出道的他，就迎来了日本的泡沫经济时代。陶艺家们为了相互竞争，纷纷

1　装饰古坟：日本某些古代墓穴的内壁以及石棺的表面上，会有许多浮雕、线刻、彩色的装饰性花纹和图形，另外还有些不带坟丘的长方形墓坑，装饰古坟即是它们的统称，常见于九州、熊本地区。

粉引花边形六寸深盘
直径 24cm × 高 6cm

质地柔和的粉引盘，人见人爱；形态仿佛绽开的花朵，我见犹怜；摆上餐桌时，如同为桌面装点了一朵花。

推出不同形式与风格的作品，市面上充斥着从造型到装饰都以个性为主打的器皿。所谓艺术家，就是能够清晰展现出不同于他人的特点。于是，大家争奇斗艳、自信满满。而小山，却一边烦恼于无法融入时代的氛围，一边日复一日摸索着自己的风格。

过程之中，小山渐渐被毫无装饰纹样的美丽素陶所吸引，最终形成了今天的风格。据说，最初接触到朝鲜李朝时代粉引的世界时，他感觉浑身酥软，仿佛被抽掉了所有力气。那些粉引作品，具有辘轳盘塑出的素朴形态，展现出陶土质地微妙的"表情"，和他平素见到的器皿截然不同。

小山曾短暂地离开常滑，在东京的陶艺教室工作过一段时间，当他再次回到常滑后，开始清晰地意识到，自己想要制作能够为人所用的器皿。他采挖泥土，充分发挥土质的特点去烧制陶器，并且为自己制定了一个目标——只采取最低限度的装饰。当时，他还尝试过在白色素底上施以铁绘[1]的装饰手法，但始终盘桓在他心底的，还是纯白色器皿毫无修饰、素净无瑕的美感。它们没有什么强烈的"自我主张"，而小山也渐渐乐于制作这样的器皿。这种愿望愈来愈清晰，以致无法忽略，于是他决定向粉引发起挑战。

"粉引的制作难度极大"，小山并无任何炫耀之意地提到。做得越久，就会遭遇越来越数不清的课题——各种陶土、化妆土、釉药，它们之间的组合方式千变万化、无穷无尽，必须逐一加以验证。

---

[1] 铁绘：在陶器的釉面或釉下，用一种日文叫做"鬼板"的富含褐铁矿的土料来描绘花纹的装饰手法。

器皿出窑时，要逐个取在手中检查成色。每次都是分外紧张的时刻。

如何才能既保留白色肌理柔和的质感，又保证日常使用所要求的硬度呢？"粉引是在朝鲜李朝时代最早开始制作的。和古时候不同，现代人的日常饮食更丰富多样。我希望制作的，是符合现代人生活要求的粉引。"

想烧出看起来漂亮的白色，容易办到，但仅仅做到这一点，却不是小山的目标。他想表现出一种接近于"白麻"的质感——即使经过了"白化妆"的工序，仍保留着陶土本身的气质与个性。用于制作釉料的草木灰，来自蜜柑、榉树、杉树与梅树等，即使烧出来后都是白色，却有着调性的差异。另外，窑的温度、白化妆的厚度、涂抹釉药的匀度、左右白色深浅程度的瓷土的纯度，以及泥土本身的状态等，为了烧出成色优秀的粉引器皿，小山没少为此操心受累。他没有助手，独自专注于课题的研究，日复一日的挑战，似乎永无尽头。

粉引细颈壶
直径 9cm × 高 12.5cm

这款细颈壶是小山的得意之作,饱满的圆腹,令人印象深刻。

大约十二年前,小山搬进了目前这座拥有一百三十多年历史的古民宅。他一点点着手修缮老屋的土墙,搭建了厨房和浴室,铺装了新地板,拆掉原本濒临崩塌的几个地方,重新砌起了新墙,靠着自己的手工劳作,获得了一个舒适安居的家。

从陶艺制作,到自己的生活……小山感到,无论食品和能源危机,还是全球贫困状况,国内外经常爆发的种种问题,似乎都能从中找到相应的答案。面对一座空空如也的老屋,通过自己的双手,修修补补,一点点建立起日常的生活——小山觉得,最好让这样的生存方式变得更为普及,那么即使在金钱上并不丰裕,也会有活下去的办法。对于贫困儿童的问题,小山尤为痛心。到了冬天,他请人将建筑废料切割后劈成木柴,尽量不给邻人带去烦扰,用自家制的无烟柴炉取暖。一家三口的粪便也不浪费,作为田里的肥料得到了利

新鲜出窑的器皿,在晴空下排成一列一列一行行。日光下凉棚的阴翳,仿佛轻轻抚弄着它们,一派温柔景象。

用。就在这间老屋里,完成了小小的生态循环。

五月的一个晴朗之日,我坐在小山用双手与爱改造的老屋客厅里,一阵宜人的微风吹进室内,静谧安详的时光,在我们身边悠然流淌。刚出窑的白色器皿,摆满了庭院中间的长桌。眼前这幅景象,如许自然,如此美丽。

自己动手,造就美好的生活。在淡泊从容、循环不息的日常之中,诞生了件件器皿。小山期望能把它们从自己之手,交到使用者之手,将对方的日子装点得更加动人。

"抵制战争的唯一方法是各自拥有美妙的生活,并将它紧紧攥在手中。"这是吉田健一[1]先生的格言。每当手捧小山制作的美丽粉引,我便会想起那个春日,他神情明亮安详,向我娓娓道来的温柔时光。

---

1 吉田健一(1912—1977):日本小说家、文学翻译家、文艺评论家,曾获读卖文学奖、新潮社文学奖等。代表作有小说《瓦砾之中》、随笔集《舌鼓声声:我的食物志》、评论集《有关日本》等。

洁净无垢之美

郡司庸久 | 含蓄内敛的风情

东京西麻布町有家名叫"桃居"的陶瓷品店,店主广濑一郎每周都会挑选一名陶艺家,为其举办个人作品展。我住的地方比较远,不能经常往店里走动,但假如自己的家或工作室能位于那附近的话,一定每周都会满心期待地跑去看展。个展是能够了解陶艺家当下状态的形式,展览首日作者通常都会到场,您可以向他们提问,寻求交流,也可以向对方反馈一些实际使用器皿后的感想。

得知郡司庸久与夫人庆子这对伉俪的名字,是从桃居寄送给我的展览预告明信片上。当时他的作品,用的是饴釉[1]搭配"一珍糊"[2]

1　饴釉:铁釉的一种,又名褐釉,是以氧化铁作为呈色剂的低温铅釉,于氧化焰下烧制出如糖浆般光亮、具有透明感的茶褐或黑褐色。
2　一珍糊:又作"一陈糊",名称来源于友禅染使用的一种色料。用于表示陶瓷工艺时,又叫"筒描",具体是指在圆锥形的纸筒中填入泥浆或釉料,然后挤压锥筒,在器皿表面绘以线条与纹路的装饰手法。

灰釉饭碗
直径 13cm × 高 6.5cm

姿态清新出尘，深具美感，魅力无可比拟。作者的匠心与巧思，也静静显露其间。

线纹装饰的工艺手法，呈现出传统民艺作品最具代表性的强烈古早风味，吸睛力十足。其后不久，为了援助"3·11"东日本大地震的灾后重建，举办了一次陶艺交流活动，郡司庸久的作品也有参展，我这才有幸得以拜见——素净的器皿，单纯只呈现釉药本身的色彩，不做任何多余的装饰，泛出具有玻璃质感的苔色，美得不可方物，那份低调内敛的风情，莫可名状地印刻在我心底。

我把自己的感想告诉郡司之后，他开心不已，跟我说，辘轳拉坯的成形作业，全都是他自己独立完成的，而筒描或给器皿绘制花纹的工作，则交给太太庆子承担。

在那之后，郡司又带着他打造的新作品来访镰仓。清一色全是碗，数量估计有二十多件，风格素朴，称得上是碗类器物的代表款。它们并不高声发表强烈的主张，而是在你耳边细语呢喃，说服你、打动你——陶艺师必须有能力做到这一点。想烧出精益求精的好碗，难度极高。我与郡司围绕着碗的制作，热烈交换了心得。最近，他又向我展示了一批在枥木县益子町的柴窑烧制的白瓷碗，造型朴实率真，让人领略到郡司一贯追求的洁净无垢的美感。你总是能从这些器皿当中，感受到郡司静默不宣的热情，并为之感叹不已。

清纯的白色,柔和的盘角,获得顾客
长久喜爱的、长销不衰的主打款。

白瓷四方盘

谷口晃启 | 长久守护不变的品质

谷口晃启的陶瓷工坊,设于京都府中部的京丹波町内一处自然风光秀丽宜人的所在。器皿如其人,从谷口充满暖意的作品,可以窥见他自身的心地和秉性。其中,以白瓷四方盘最具人气,成为持续出品的热款。极简的造型中,随处可以感受到作者的考究用心。比如说,盘子拿起来时是否称手;为了打造出内壁平滑的弧度,在不停试错的过程中,就必然累积出目前这样的分量;绝妙的厚度,也保证了盘子的四角不会过于锐利,而是呈现出柔润的曲线。从线条微微颤抖的柔润盘角,到考虑了手感的重量与形状,以及各元素间的平衡感等多年如一日,皆保持着相同的品质,让客人能够长期购买同一款单品,一件件积攒成套,实在美妙极了!

"每当完成一件作品,我都会想,下次一定要做得更出色。"谷口神色认真地说道。对于陶艺创作,他始终保有一种坚持不懈的态

白瓷四方盘
长 19.5cm × 宽 19.5cm × 高 1.5cm
长 24.5cm × 宽 24.5cm × 高 1.5cm

度，绝不降低对品质的追求，抱着对使用者的诚挚之心，且从未改变的是，心中守护的一团信念。他出品的器皿之所以如此美丽，秘密大概正在于此。

三岛手陶瓷

八田亨｜欢乐洋溢的器皿，见之便想拿来一用

　　八田亨的三岛手陶瓷，散发着潇洒的男儿气概。八田出生于金沢，目前在大阪府堺市从事陶艺制作。八田初次接触陶艺，是在大学主修环境设计时参加的教学课程里。辘轳拉坯的过程实在有趣，让他就此沉迷不已。毕业后，他就职于大阪市营舞洲陶艺馆。距今约一千六百年前，大阪曾是"须惠器"[1]的产地之一，而这间陶艺馆，则以复兴陶瓷文化为目标，为这座城市培养了大量陶艺师。八田的器皿，用的是海底的黏土，釉药取自淀川的河泥，烧陶时则在依

1　须惠器：日本古坟时代中期至平安时代盛产的一种陶器，以辘轳拉坯成形，入窑经高温烧制，形成质地较为坚硬的灰黑或暗青色土陶器皿。主要产地为福冈市附近的须惠町，因此得名。

三岛手饭碗
直径 13cm × 高 6.5cm

碗壁镌刻的纹路，韵律优美，富有现代风情，是一款随和好用的日常器皿。

山坡建造的连房式登窑[1]内，填入原用于防波堤工程的松木桩做柴料……制作手法十分新颖。据说八田开办独立的个人工坊后，把挖造的穴窑前后焚烧了七十多遍，最近才总算达到了理想的温度。当窑温长期持续达不到满意的温度时，每次开窑对他来说都是重重的打击。不过，时不时也能烧出一百二十分的好作品。这种意外收获，常令八田振奋不已。为了做出具有独特原创性的器皿，他日复一日埋头苦干。"我想烧出那种人家一看就知道出自我手的作品，他们会说，这是八田的粉引，那是八田的三岛手。"口吐豪言的八田，

1　登窑：利用自然的倾斜坡面，自下而上挖掘出细长的坑道，用以烧造陶瓷的一类窑炉的总称，整体呈长条形。分为两种：内部贯通、状似卧龙者，得名"龙窑"，亦称"蛇窑""蜈蚣窑"；内部分为多个长方形连续窑室的，则仅称"登窑"。

三岛手陶瓮
直径 8.5cm × 高 12.5cm

圆圆的瓮身，形态丰腴饱满，随着每次使用，会渐渐养出光泽与神采。建议爱酒的朋友，拿来作为一生的酒器收藏和使用。

怀有对陶艺事业纯粹的热爱，和无法休止的创作欲。八田出品的陶器，洋溢着欢快的气息和充盈的能量，让人不禁想拿来使用，并耐心地"养育"。

耐热的器皿

小谷田润｜发自内心钟爱的锅具

对食器一见钟情这种事，我遇到过好几次。甚至念念不忘、魂牵梦萦的体验，我也曾有过。不过最开心的仍是碰见自己寻觅已久的器皿时，那份欢欣雀跃的感受。没有比这更棒的时刻了。

偶遇小谷田润的这款锅子，是恰好有一次朋友领我去逛福冈的某家器皿店，当时我虽已听说过小谷的名字，却并不知道他还制作锅具。造型也好，颜色也好，都让我一见倾心，遂当场买下，带回家来。

自那以后，我便成了这口锅的超级拥趸。

不知为什么，每次用到它时，我的内心都会陶醉、赞叹："真是口好锅啊！"施了铁釉的陶土肌理，又帅又酷。造型方面也出类拔萃。只要把它取在手中，就忍不住心神荡漾，这绝不是什么过誉之辞。假如有谁质疑，把自家东西夸得天花乱坠，真的不害臊吗？我会回答他："可别不信，世上真就有这样的好东西。"一款方便好用的锅子，

双耳砂锅
直径 26cm × 高 10cm

锅盖与把手的形态,透着毫不造作的美感,同时兼具出色的实用性,让你体会到作者的精湛手艺。

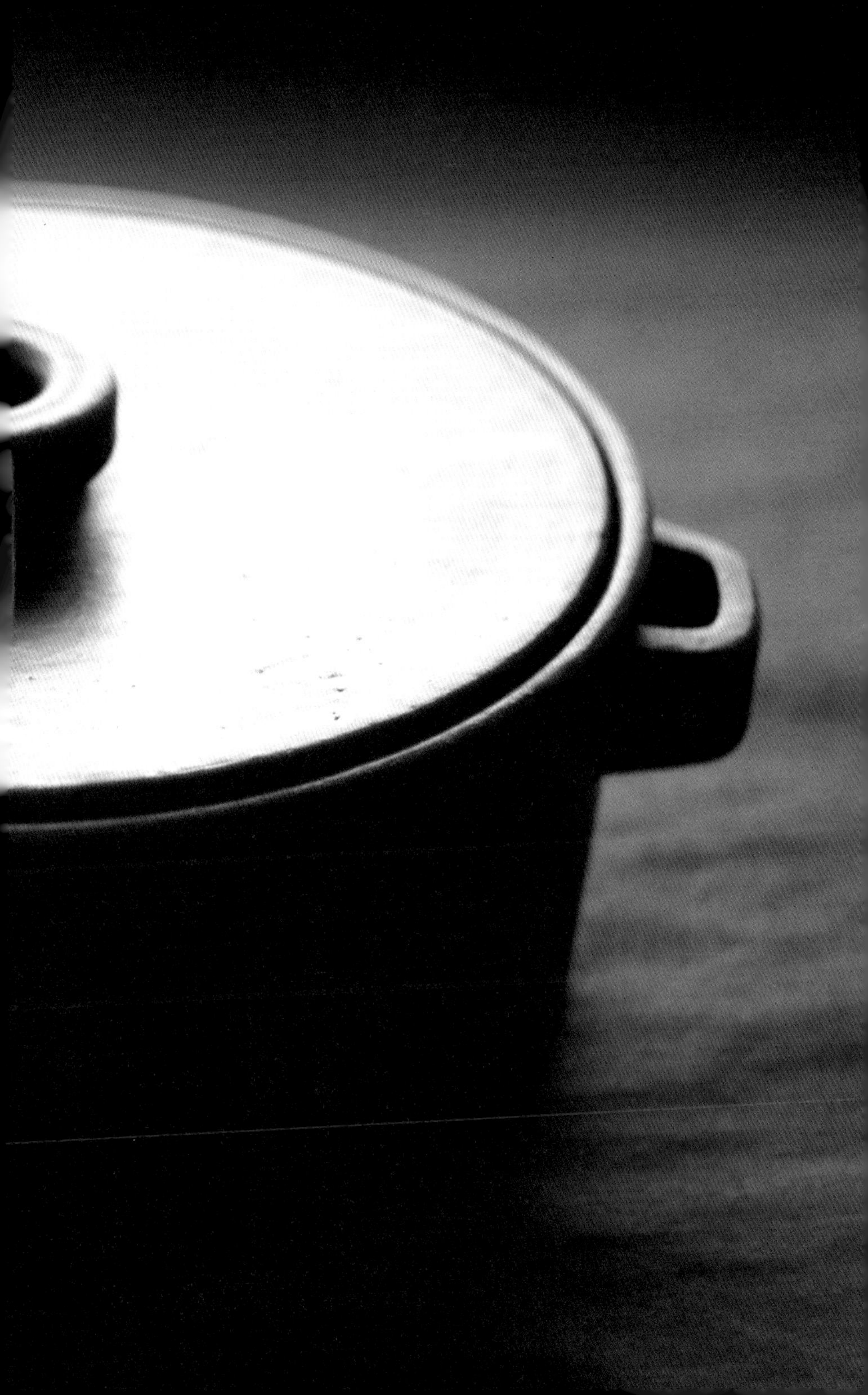

拿来做煮物料理，不限于冬天，可以活跃于一年四季。黑色材质的锅子，款式多到数不清，但小谷田烧出来的黑色，泛着哑光，时尚极了。

抱着想把这款锅子介绍给更多人的愿望，我联络了小谷田润。此时，距离当初邂逅它，已经过去三年多了。其实在当年，小谷田就知道我在寻觅一款心仪的锅具。我请求说，方不方便见个面呢？于是便得到了这次交流的机会。

"您为什么能制造出这样出色的锅具呢？"听到我的问题，小谷田爽快地给出了答案。据说，他曾在信乐町修过业，学习如何操作大型辘轳。怪不得呢。像锅子那样的大尺寸器皿，要想精确无误地制造，必须掌握专门的技术。听了小谷田的经历，我感觉心满意足。经过这次会面，我更加喜爱他的作品了。或者倒不如说，像"创作出自己心爱器皿的人，是个自己讨厌的人"这种事，才是听都没听过呢。之所以会喜欢，必然有相应的理由。

除了这口锅之外，小谷田还有另一套耐热器皿系列。其中，一款海碗式的砂锅堪称杰作。圆形的小锅，浅浅的弧度，不带锅盖。通常吃火锅料理的时候，必须全家人到齐，否则就没法煮最后用来收尾的一道什锦杂粥。不过，假如有了这款小锅，就可以给回家太晚的人事先盛出一份，等人到家之后，直接开火热一下就可以了，简直是不可多得的宝贝。估计做炒乌冬的时候，也能如你所愿，架在炉子上咕滋咕滋地小火慢炖。

耐热的餐盘，比较适合铁板烧烤使用。据说，小谷田家经常用耐热器皿做什锦芝士焗饭之类的烤箱料理。所以，我也向喜欢烘焙

耐热餐盘多款

以质朴的料理方式,呈现食材本身的美味。结实好用,惹人欢喜。

蛋糕的朋友推荐这套餐具。能用来做铁板烧烤,做寿喜烧自然也不成问题。各种各样的用法在脑海里层出不穷,想起来就开心。诚然,锅子只不过是一件烹调用具,但假如能遇到自己发自内心钟爱的一款,就会有大大的满足感。我不想错过那些美妙的邂逅,打算把各种厨具一件一件置办起来。

这款汤杯，散发出一丝亲切熟悉的气息，仿佛曾在何处见过。色彩运用独特，杯缘质感柔润，十分好用。

矢尾板克则的美丽仙境

矢尾板克则 | 打造舒适随性的关系

矢尾板克则的"彩化妆"器皿，运用了独特技法制作，质感色调皆与众不同，被誉为"矢尾板的美丽仙境"。他在新潟县长冈市从事陶艺创作，同时自家还兼务农，如今工坊的门前仍有一片广阔的农田。仔细观察的话，会发现这些器皿的表面写有一些字体特殊的语句，都是些摇滚乐的歌词，读起来却有点绕口，难以流利。"读不下来也没关系"，矢尾板用轻柔低沉的嗓音说道，态度自始至终淡然自若。而这份淡然自若，恰是矢尾板其人最大的特色。他绝不会大声地倾诉意见，这一点只要拿起他出品的器皿，就能理解。你会感到，无论与他人，还是与世界，他都保持着一种有节制的距离。即使一只咖啡杯，亦是如此，姿态淡然，无拘无束，总呈现出一种泰然自若的神情。既无必要和他人比较，也无意于争执什么，他的作品中包含一种真正的温柔，恰恰缘于对距离感的坚持。这样的风

彩化妆带柄汤杯
直径 10cm × 高 6cm

无挂无碍,无拘无束。中性的色调,温柔和煦。施以彩色化妆的餐盘,呈现出超越国度的自在随性,颇具矢尾板其人风范。

格,关联着他本人的世界观。在我看来,一件件器皿,就如同一篇篇智慧通透的短篇小说。咖啡杯的内壁上,施有釉药,因此杯缘部分触感柔润,保证了使用的舒适性。

五彩缤纷的器皿

吉村和美｜令餐桌焕发扣人心弦的神采

　　置身如此五彩缤纷的世界，不由会发出疑问：为什么，人们会被"颜色"这种东西吸引呢？黄与绿的粉彩色调、绿松石色、紫色……样样令人一见难忘。这些分外美丽独特的彩色器皿，皆出自吉村和美之手。舒展悠闲的姿态，优美的色调，将食材本身的颜色衬托得更为悦目，也让餐桌焕发出熠熠光彩，舒服的使用感受，捕获了为数众多的拥趸。追随在吉村身后，效仿这种风格的陶艺师随处可见，但前后两者的作品之间，却有着根本性的区别。这种区别，究竟是什么呢？

　　2013 年，在濑户内海沿岸的美丽小城，四国县高松市的一间艺廊，经由我的策划，首次举办了一场以"蓝色"为主题的器皿展。当我前往吉村的工坊与他会面时，留下至深印象的是，在打造器皿色彩的整套工艺流程里，相较于技术性要素，其实吉村本人内心中

丰富的色调，散发出愉悦轻柔的气息。用来盛果冻、冰淇淋或甜品，都很合心意。

的"构思与想象",作用更显突出。假如把技术比作一份菜谱的话,那么只要备好食材,按照配方规定的分量,把它们烹调在一起,就能做出相同的料理吗?这是不可能的。同理,把制作器皿的原材料,依照规定的金属成分及釉药的配比去调制在一起,再用相同的黏土塑形,烧成之后就能再现脑中的构想吗?事情可没有这样简单。那么话说回来,吉村出品的器皿,究竟魅力何在呢?我想,秘密隐藏在他的创作态度之中。

当我问他"您觉得所谓器皿,究竟是什么?"时,吉村答道:"是与我们最为亲近的,可以享受色彩乐趣的东西。""衣服也是贴身之物,可一旦穿在了身上,自己就不大有机会欣赏了。而器皿不同,是可以在用餐这种最开心的时刻使用的彩色物品。"

番茄的红、菜叶的绿、茄子的紫……食材各色各样,五彩缤纷。"那么,"我又问吉村,"该如何给自己制作的器皿选定适当的颜色呢?"他告诉我,不管再漂亮的颜色,都要看它能否把料理衬托得更加美味,这才是最关键的。器皿只有用来盛东西的时候,才能焕发出生命。而且,即使是相同的色彩,也会由于质感的差异,给人带来不同的视觉印象与内心感受。因此,精心把控每种色彩的细微质感,与烧成之后呈现的视觉印象,才是至关重要的吧。

说起来,当年在高松的展览上,我曾有幸参观了包括新色系在内的六款蓝色器皿,领略了它们丰富的表情。对我来说,那是一次难以忘怀的经历。吉村自身在不断纠结、反复试错的最后关头,终于选定了淡淡而充满温柔的浅蓝色。在高松的艺廊里,每一位看到这款器皿的参观者都发出了赞叹:"吉村先生,这是濑户内海海水

各色彩杯
直径 8.5cm × 高 6cm

象嵌[1] 七寸盘
直径 20.5cm × 高 3.5cm

眼睛享受着色彩之美，脑中琢磨着各种用法——光是想象这些，便拥有了一段愉悦的时光。

的颜色啊！"能被纯粹的高松本地人如此由衷地肯定，吉村露出了惊讶的神情。据说，展览即将开幕之前，吉村还在为最后一款蓝色该如何呈现而再三犹豫。这时，他在工坊所在的栃木县益子町邂逅了一种为之心动的蓝色，最终，把它放进了自己的作品之中，谁知竟被称赞为"濑户内海的颜色"，真是做梦都不曾想过。

另外，还有一套优雅的所谓"大地色"器皿，也能将食材的色彩衬托得格外美丽。芥子绿、浓茶色等，土色系的器皿从秋到冬，在果物丰收的季节里，你会很乐意拿来摆上餐桌作为点缀。

食材的颜色，器皿的颜色，人究竟为什么会被"色彩"吸引呢？

---

1 象嵌：于器皿表面雕饰或压印出纹样后，于凹陷处填入白土或赭土，再施挂釉药入窑烧造的一种装饰工艺。此种手法特别盛行于高丽青瓷。此外，也有所谓"逆象嵌"，就是保留纹样，反而将纹样周围减低，并填入不同颜色的土料，再施釉烧成的方式。

六寸平底深钵
直径 17cm × 高 6.5cm

"大地色"是最具日式风情的色调。
温柔悦目的器皿,睹之令人安心。

大海与天空、树木与山岳……大概因为,色彩如同连接过往与当下记忆的纽带,让深藏于我们内心的情感获得了释放。

吉村制作的器皿,温柔悦目,直至今日,仍沉静守护着每个使用者的内心。

无论何种风格的家居，都能自然地融入其中。清淡素净的迷人餐盘，不分西餐或和食，皆可适用。

质感坚硬的器皿

寒川义雄｜人生第一款"以和为贵"的器皿

出身山口县的寒川义雄，先后在福冈县小石原村和爱知县濑户市修习了陶艺，又在广岛市筑窑，之后，将自己所到之地遇见的各种泥土，包含广岛本地土在内，全部珍惜地利用起来，从事陶艺创作。其中，以广岛县吴市野吕山脚下采掘的瓦土，搭配广岛本地白土作化妆，烧成的"广岛土"系列器皿，最为风格素朴，韵味别致，内蕴深厚，仿佛在向观者召唤和倾诉。由寒川纯朴的心性自然流露出来的，对泥土的感恩之意，悉数化为手下器皿最动人的特质。低调而具韵味的器皿，外观并不华丽，但在作为配角凸显料理的美感时，却十分尽职尽责。无论是什么菜肴，都能与之相配，相当好用。

将公认质地坚硬的瓷土与陶土，比例各半混合起来，烧制而成的"半瓷"系列，以打造"基本款"为初衷，风格更为简约洗练。图中这款浅底平盘，清淡素净，别具魅力，不论配西餐或和食，如

硬质餐盘
直径 21cm × 高 3cm

Café de Hanae 是寒川的太太真由美女士经营的一家咖啡馆。在这里，能够享受到美味的蛋糕与自家烘焙的咖啡。

各种意面、鱼肉料理等，都十分合适，作为我日常餐桌的主打款，是无可替代的珍宝。而平时用惯了西式餐盘的人，估计也很容易接受。硬度方面，它极好地融合了瓷器与陶器各自的优点，结实耐用。向往平和的你，可以毫无顾虑地拿来使用，并获得心满意足的体验。假如想置办人生中第一款"以和为贵"的器皿，那么寒川的餐盘，大概是最理想的选择。

"土化妆"粉引

尾形淳｜柴窑烧成，气质耐人寻味

尾形淳制作的粉引器皿，一改粉引的传统印象，给人带来强烈的视觉冲击。非要打比方的话，它们没有那种柔弱易逝的美感，而拥有身披粗衣布服，体格壮硕，在田间卖力干着农活的健康美。年复一年，尾形的作品风格日渐浓郁，与其说作者在进行强烈的自我表达，不如说是为了发挥泥土本身的个性，坚忍不懈地侧耳倾听，力求捕捉泥土自身的话语。他所从事的工作，是在对陶瓷艺术的本质进行真正的深刻探索。

据说，通过观察粉引在柴窑里逐步烧成的过程，尾形对这种器皿具备的可能性有了崭新的发现——利用柴窑，可以烧出红、蓝等各种颜色的粉引。它们虽不同于素来的白粉引，却具有陶器应有的意趣。尾形大概深深体会到了这一点，自那以后，除了白垩土之外，也开始使用各种颜色的化妆土。于是，属于尾形自身的、独特的"土

圈足部分保留了陶土原有的质感,线条的切削也十分清晰锐利,成为这款陶器独特的看点。

化妆器皿"便应运而生。这种取名为"灰白"的粉引,色调厚重,碗底圈足[1]的切削也曲线柔缓,不仅质地结实,且更能打动人内心深处。近年,他又开发了用粗粒土进行化妆的"粗粉引",具有华丽色彩呈现的"红粉引"等,尾形凭着自身独到的手法与理念,拓宽了粉引工艺在表现上的可能性。

---

1 圈足:陶瓷器足式之一,造型始于新石器时代,呈平置的圆圈状,在器物底部以一个圆圈承托器身。圈足形态有高低深浅之分,足壁有薄厚之别,成形方法有镶接和旋削两种。它在唐代的瓶、壶、盘、碗等器具上皆有出现,但不普遍;自宋以后盛行,各类器皿几乎全有圈足,很少例外。

上 / 土化妆饭碗
直径 12cm × 高 6cm

下 / 白粉引饭碗
直径 13cm × 高 6.5cm

风格朴拙强健的土化妆,与泛有一丝绯色的白粉引,这两款器皿,出自为了拓宽粉引的可能性,而展开不懈追求的尾形之手。

黑釉茶碗
直径 13cm × 高 6cm

村木告诉我，茶碗这东西，不该用知识来品鉴，而要调动感性去欣赏。

茶碗的秘密

村木雄儿 | 令人心绪和悦的器皿

村木雄儿在伊豆从事陶艺创作，经他手烧制出来的茶碗，散发着丝丝细腻柔婉的风情。或许也可以说，没有任何夸张的"表情"。茶碗是茶道器具，不懂礼法，则无缘使用——通常来说，大家可能都抱有这样的印象。村木出品的茶碗，就无须担心这些。只要望着它，便会不自觉地放松下来，心境变得闲适从容，可以不必拘泥于仪轨，随性沏上一碗好茶，甚至会跃跃欲试，萌生出自己亲手点一回抹茶的念头。

用辘轳拉坯的时候，只需一个极短的瞬间，茶碗就已在手心中初具雏形，因此偶尔会拉出预料之外的造型，这也是做碗的乐趣之一。而且，决定茶碗品质优劣的，是圈足部分的旋削。所谓圈足，就是碗底那一圈用来承托器身的圆垛。村木告诉我，虽说圈足内沿的旋削十分费心耗神，但外侧的曲线往往才是决定整只茶碗形态的关键。"越是觉得,这只碗形状拉得还不错嘛,进入圈足切削的阶段,就会越发小心,生怕前功尽弃。可是照样会废掉好多。"村木露出羞涩的笑容。"不过,"他接着说道,"我所说的茶碗,不仅可以用来喝茶,还能拿来盛菜,平平常常登上一日三餐的饭桌。我希望它能派上各种各样的用场,毕竟所谓茶碗,原本就是为了满足各种用途而制作出来的器皿,只不过多数情况下,大家把它当作了饮茶的道具,以此为乐而已吧。"

诚如所言。茶的世界,并不单单由器皿构成,还包括空间与时间的分配,甚至具体到举手投足,都要全面调动每根细微神经的一整套文化。把某物"当作"别物,毫无疑问,是一种拔高想象力,对眼前所见之物进行超越性思考的"游戏"。之所以茶碗让大家敬而远之,是因为它们过度拘泥于固定的样式,作为一种茶道器皿,只有那些符合专门标准的造型才会得到珍视。那样的茶碗,欠缺舒展的线条与姿态,拘谨端庄到夸张的程度,毫无必要地营造出高高在上的距离感,在我看来,实在遗憾。村木制作的茶碗,就没有这种拘束。它从容不迫,释放出平凡的美感,这才是体现日常岁月之高贵价值的器皿。或许在大家的印象之中,茶碗作为艺术品,往往价格高昂到令人瞠目。没有这回事,您大可安心。愈是繁忙度日的现代人,愈该抽出时间,添置几款美丽的茶碗,好好享受品茶的愉悦。或许做不到每天如此,但至少该在休息日的早晨,取出自己中意的茶碗,悠闲地饮上一碗好茶。与其说这是爱好,不如说是转换心境。假如能手捧心爱的茶碗,拥有一段怡然自得的时光,那么充满颠簸起伏的人生,似乎也就有了更平稳度过的可能。

南蛮烧缔与白瓷

森冈成好 × 森冈由利子｜温柔坚定，守护着我们

森冈成好与妻子由利子，居住在和歌山县高野山附近一片风景宜人的山间，从事陶艺制作。每一次我前去拜访两人的工坊，内心都会被那些美轮美奂的器皿深深打动。

森冈是在某次游历种子岛时，结缘于南蛮烧缔[1]的，并以此为契机，开始以这个品类为中心，用柴窑烧制粉引、灰釉、黑釉之类的器皿。它们造型稳重沉实，给人一种被大地守护的安心之感。我初次上门拜访的时候，参观了森冈用辘轳拉坯的作业过程。看着黏土在他宽厚的手掌中逐渐被拉高、成形，我感到眼中泪意涌动，无

---

1 南蛮烧缔：简称南蛮烧，属于"炻器"的范围，在中国古籍上称石胎瓷。是 16 世纪因所谓的"南蛮贸易"，经由中国、越南传入日本的陶器种类。南蛮在当时，一方面是日本对其他国家的蔑称，另一方面也是对自国没有的珍奇之物的爱称。所谓烧缔，主要指以黏土成形，表面不施釉，并在 1200—1300 摄氏度高温下烧成的非白色硬质器物。

相较于工作的内容,更热爱工作时的状态——说这话的陶艺家夫妇,日常勤于活动筋骨,孜孜不倦地工作。

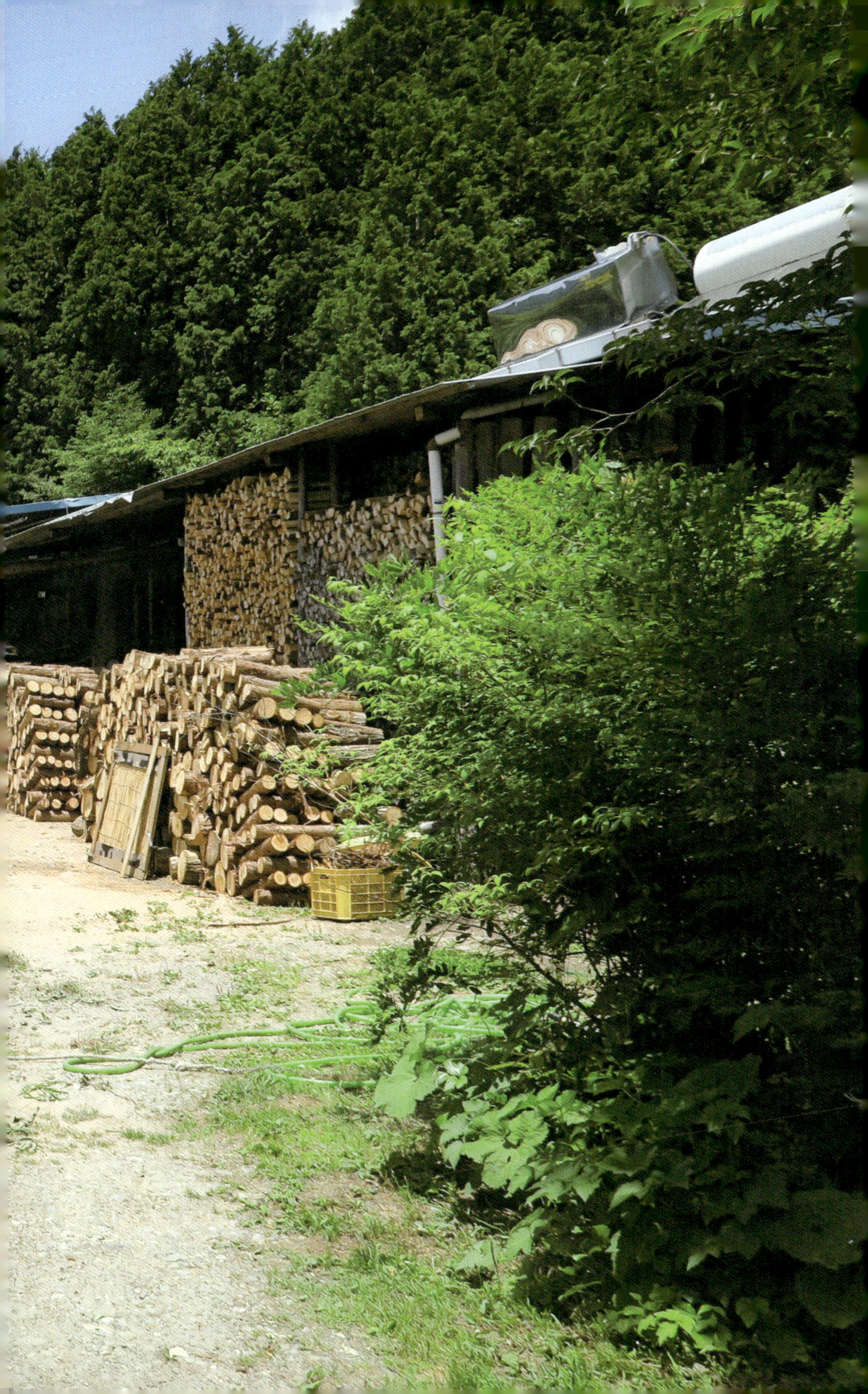

森冈夫妇的窑场内,共有三座柴窑。用来制作南蛮烧缔的窑,需要焚烧十天才能备好。

法抑止。这辈子不知看过多少回辘轳拉坯,而这种体验,还是平生第一遭。一种难以言表的情绪,直接击中了我,让我止不住从身体内部为之颤抖。那份不可思议的感动,直到如今,我也想不明白其中的缘由。

由利子制作的白瓷,丰腴柔美,有种难以言喻的魅力,仿佛会烙印在你的眼底,令你一见难忘。我一直认为,器皿有一种宽厚的包容力,会守护使用它的人。而在我个人所知范围内,再没有什么器皿能像由利子的白瓷这样,既严谨又温柔,带给你细腻的呵守。站在这些器皿前,会有一种犹如面对母亲的心情,让你有力量以更坦然无惧的姿态,好好面对自己的人生。

"我并没做过什么了不得的事情。成好制作南蛮烧,也没得到过谁的指点,都是自己不断试错摸索出来的。"由利子说道。森冈

由利子的工作间。和她手中的器皿一样,整个房间都流淌着清新闲适的空气。

在一旁随即补充道:"不过,我们的确有心灵上的导师。"我立刻心领神会地想,所谓心灵导师,一定是各种土陶器或古代珍品吧。然而并非如此。森冈道:"虽然我不知道这位导师的名字,但却见过本人。"我有点吃惊地追问:"哦?您跟他见过面吗?"森冈笑了。"其实是个烧陶的印度老婆婆。在印度尼西亚的巴厘岛上,这位九十多岁的老人家,还在用手转着辘轳制作陶器,手工精湛极了,风格欢快又明朗,那种自由自在的姿态,特别动人。所以,我从不觉得自己算是陶艺家,只不过恰好在制作陶器而已。"森冈语气平静地娓娓道来。比起工作的内容,更热爱工作时的那种状态,说这话的森冈,无论对自家居住的房子,还是烧陶的工坊,日常所用的一切,全都亲自动手制作。听闻这栋轩敞美丽的大屋也是森冈自己盖的,我的确感到有点难以置信,但据他所言,从打地基到上梁,以及每一个

森冈夫妇家中各个位置和角落，都装点着白瓷壶插花。

微小的操作，整个工程都是他自己不慌不忙，抱着享受的心态一步步完成的。抬头仰望的话，会看到房顶部分漂亮的横梁。玄关处，有一棵苍翠挺立、威风凛凛的老树，如同森冈其人，安详平和地迎接着客人的到来。

上山砍柴，揉土，转着辘轳拉制陶坯，尤其是不断添柴，花上好多天工夫徐徐烧透一口温度理想的好窑，每个步骤都是森冈的心头乐事。南蛮烧缔的备窑时间长达十天，可以把这个过程当作一种自然的周期，配合节律运用自己的身体，去完成工作。因此，他一向教导弟子，比起追求任何技巧，首先要享受烧陶这件事本身。因为喜爱森冈夫妇制作的陶器而上门来工坊求教的年轻人，不仅限于日本人，还有许多从韩国、美国、法国、挪威、印度尼西亚等各国来的海外青年。

南蛮烧缔酒器
直径 10cm × 高 8cm

在冲绳地区被称为"cara cara"的细颈酒壶,素朴优美,出自森冈之手。

最近，森冈夫妇在各地举办的展览令人目不暇给。来到会场的，除了一般粉丝之外，也有些年轻的陶艺制作者，他们想一饱眼福，同时看到夫妇两人的作品。而且据说，晚间还有不少机会聚在一起，饮酒欢谈。

由利子说："我俩当初学艺的时候，还有不少出生于明治时代的老匠人仍活跃在第一线，因此可以实际观摩学习陶器制作的全过程。曾经有一次，我们去济州岛支援穴窑复兴的活动，才痛切地感受到，这门手艺的许多知识和技巧，如今已经失传了。这个岛上当年曾经盛产漂亮的烧缔器皿。"据说，柴窑内部墙砖的颜色变化，是由于不断焚烧而自然生成的一种挂釉现象。通过观察窑壁的颜色与状态，就能判断出在窑的内部，器皿是如何填装的，花了多久来焚烧，又是如何提升窑温的。不过，这都是需要经验值的。一度已经失传的经验与技艺，想捡起并传承下去，会十分困难。

我在森冈夫妇的款待下，吃了一顿用自家田地收获的蔬菜烹制的丰盛午餐，接着又参观了窑场。有两座细长的龙窑和一座穴窑，每座窑都带着主人脸上那种悠然自在的"神情"，脚边则满坑满谷，摆放着刚刚烧成出窑的器皿。对动手制作怀有无限热爱的森冈，即使已经烧出数不清的器皿，仍不肯停歇，创作不止。有时听到别的作者说库房里存货告罄，他还会感到纳闷：干吗不多做一些呢？森冈说："我这个人，凡事都不追求奢侈，唯有对自己的工作，愿意不惜一切，无论时间还是燃料。"

当我初次踏入由利子的工坊时，只见她端坐在面朝大窗的桌旁，颈背挺直、身姿秀拔，正在给一只白瓷细颈瓶做表面刨光，那庄重优雅的姿态，让我为之屏息。

"我喜欢绳纹时代的土器。人这种东西，幸福的时候会开怀而笑，生病的时候会悲伤哭泣，从绳纹时代起，或许就从未改变过吧。"时不时地，由利子会停下手中的工作，跟我聊上几句。房间里，充盈着像由利子制作的器皿一样清新闲适的空气。

我们这些现代人，贪心地想把一切东西掌握在手中，并因这些外物而赞美人生。岂料，不知不觉间，却被各种多余之物紧紧缠身，只维系着脆弱而不堪一击的生命。我们原本皆属于大自然的一部分，而森冈与由利子制作的器皿，温柔、坚韧、包容，唤醒我们内在自然本真的记忆，让我们重新回归生命的原点，感受它真正的意义。

不经意间，器皿映入眼帘，
此刻，这看似平淡无奇的瞬间，
却让人感到平凡日子的美丽蕴含其中。
器皿，怜爱着四季的花朵，支撑着我们的每日三餐，
宽厚慈爱地守护着我们的人生。
与器皿度个蜜月吧，让心充满快乐，
度过爱意浓浓的时光。

横山拓也
白化妆鹤嘴钵　直径 10cm × 高 12cm
白化妆茶盅　直径 8cm × 高 4cm

第二章　与器皿度个蜜月

吃荞麦面时用的蘸料盅,能派上各种各样不同的用场,是日常器皿中的代表,作为收藏的入门款十分合适。从分量到手感,都挑选最精良的那只,这样在日复一日的使用当中,它会变得越来越合心称手。

我们该如何置办器皿？

刚刚起心动念，想置办些陶艺家的器皿时，对于该从何入手，由哪一款开始慢慢搜集，许多客人会来寻求我的意见。当然，在这个问题上，并没有什么"非如此不可"的准则。我的建议是，在脑中回顾一下自己的日常生活，拣平时上手机会较多的那几款开始积攒。每天离不开米饭，顿顿不落的人，不妨从置办饭碗做起；喜欢吃拉面的朋友，可以选购一只大海碗；而爱好饮酒的话，买只酒盅便好……从自己使用频率最高的器皿入手，一件件添置起来。假如每天早餐的压轴，都是西式煎蛋，就以"如何能更加美味地享用煎蛋"为课题，去进行挑选。每个人都有自己最心爱的美食，假若把目光聚焦于此，那么想要的器皿颜色、形态、尺寸，就会蓦然在脑中清晰起来。最近，令我印象最为深刻的，是一位每天早餐都必须要吃纳豆的年轻人。我便提议，既然如此，那就买一款盛纳豆最好看也最好用的碗，如何？于是，这位年轻人买下一款村木雄儿用柴窑烧制的茶碗，告诉我，"这一来，大大增添了每天早餐的乐趣"，

尾形淳 / 粉引荞麦面蘸料盅
直径 8cm × 高 8cm

然后带着茶碗心满意足地回家了。

对自己来说，真正必需的器皿是什么？在脑中观想一下使用它时的满足感，这样入手的一款，就绝不会出错。在我看来，挑选器皿这件事，是在观察审视自己的生活。不过，感到犹豫的时候，我建议不妨以荞麦面蘸料盅作为入门。它状似杯子的形态，使得用途十分自由，尽可随心所欲，喝茶、喝咖啡或用来饮酒，所有的饮料皆可适用，甚至还能拿来盛汤。更有些客人，用内壁为白色的粉引或白瓷蘸料盅去品尝红酒。

每当听到有人说"陶艺家的作品价格昂贵，我不舍得用，小心收藏了起来"时，我就会哀叹："好可惜啊！"优秀的器皿，在使用的过程中会"成长"，变得愈来愈坚实耐用，明明会因此而增加价值。希望各位不要担心会把它们弄坏，就大胆敞开地用吧，多多益善。

或许很多人觉得，陶艺家制作的器皿，比起市面上的量产品，价格过于昂贵。不过，假如使用的体验非常满足，就会感到理所当然了吧？在您心目中，它们是否能够从"高价的器皿"成为"实用的器皿"，这种意识转变的达成，关键在于实际使用的过程中您是否获得了满足。每用一次，对它的爱意就浓厚了一点，您会感叹"幸亏有它来到我家成为一员"——这种亲密之感油然而生，新的关系也从此建立。热爱器皿的这份快乐，十分私密，我会在家中跟自己的器皿对话、交流。想做到这一点，就必须拉近双方的距离，不要把它们当成客人对待。长久将其束之高阁，是不会产生亲近感的，它们就永远是家中的客人。要把它们当成"我家的小孩"一样去称呼和使用，这样才会领略到它们的珍贵与特别。这，才是器皿世界

盘子这种东西，在每个家庭都有各自不同的用法。先确认好自家使用频率最高的尺寸，然后按照这一尺寸，不断收集增添各种不同的款式就好。

的法则。将它们自然而然地取在手中，坦然自若地使用，度过的所有岁月光阴，会缓缓渗入它们的肌理，将之培养得愈发动人。器皿一定会坦诚报答你的所有心意。这样做别具意义。成为"养育"它们的"父母"，是一件很有收获的、快乐的事。

那么，话说回来，器皿中有碗、盘、钵、盅等等，它们因形态各异而拥有不同的名称，但我不愿拘泥于固定的用途，会尽量将它们物尽其用。假如挑选从甜品到意大利面都可以搭配的餐盘，那么直径 20 厘米左右的尺寸，最为好用——既可以把菜肴在盘中盛得满满，又可以应对那种摆在盘心、份量只有一点点的副菜。从刷毛目、青花瓷、烧缔，到玻璃、彩绘等，若能把各种样式与风格的餐盘，都按照相同的尺寸逐一收集起来的话，您的餐桌就绝不会显得单调。据说，从前日式餐具有个不成文的规定，就是必须把相同

137

款式凑齐五六个才成为一套。不过，如今家庭的结构发生了变化，就没有必要再刻意集齐某个数目了。小号盘，或个人面前用来取菜的小碟，每样有两枚就够了，甚至每样一枚也无所谓。慢慢积攒下去，多多选择那些形态简洁、不限用途、可以适于多种场合的器皿。只要您精心地一直使用下去，自身的品位也会随之提高，当有客人来访的时候，就能自信而熟练地将它们搭配出美妙的风格。所以，不妨从入手的第一款开始，与器皿相伴度过美好的生活吧。

第一步，由粉引开始

"质感柔润敦厚又温暖"，作为白色的土陶器皿，粉引一向人气很高。由于器皿表面看来如同吹上了一层白粉，遂得名"粉引"。我虽可以解释说，粉引就是一种在红色土坯上施以"白化妆"的手法，然而实际上，它却很难如此简单地一语概括。从土的挑选、白化妆的成分调节，到制作者与产地，样样都能左右器皿烧成之后的效果。尽管化妆土的配比有它素来的参照样本，但每位制作者都会按照自己理想中的版本去进行"改编"，进一步摸索更多的工艺方法。结果就是，同是称为"粉引"的器皿，却呈现出截然不同的风貌。俗话说"十人十色"，假如有十位制作者，就能烧出十种不同的粉引。

自称"喜欢粉引"的客人中，多数是执着于"自然原味"的女性。她们热衷于天然素材，对类似"纯棉"的效果抱有好感，并非追求"瓷器的白润"，而更喜爱陶土的温暖。不过，对粉引的印象若仅仅

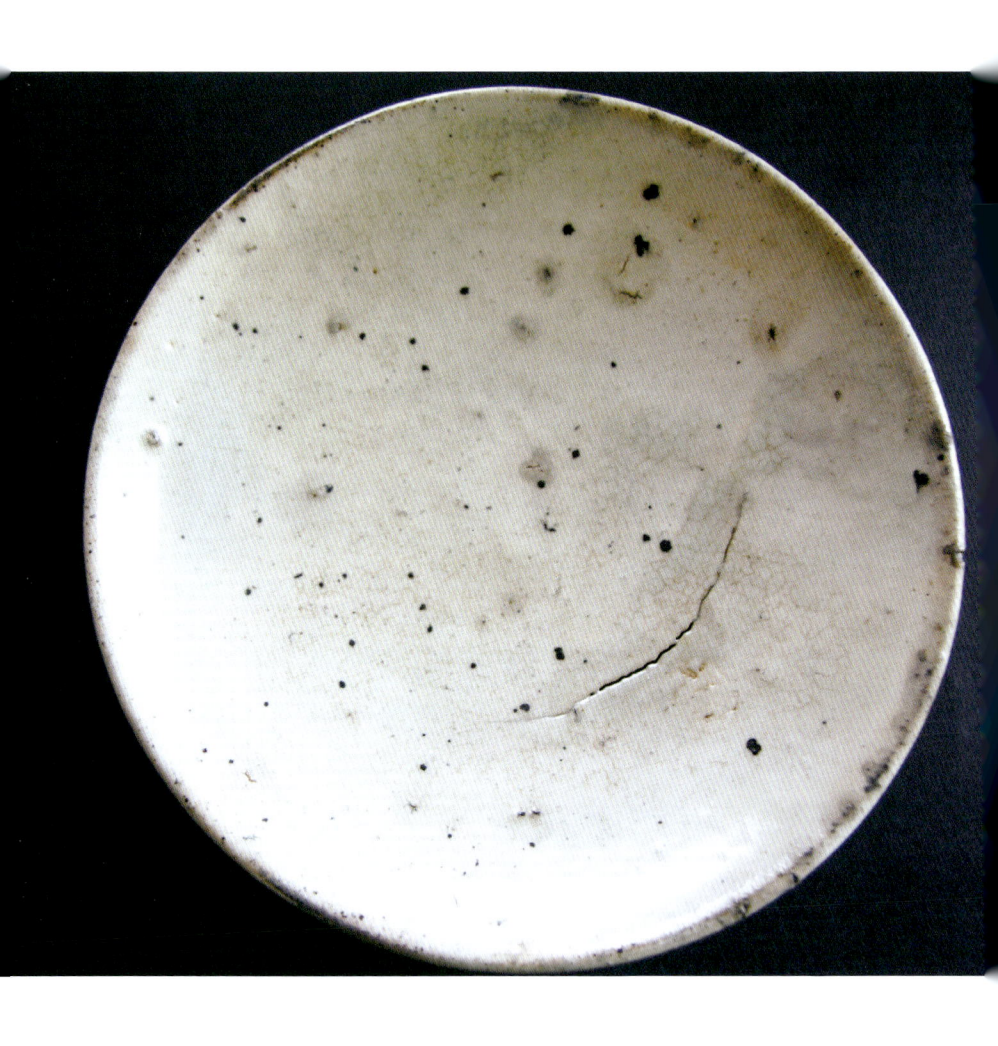

尾形淳 / 粉引五寸盘
直径 15.5cm × 高 4cm

尾形淳自家使用的一款粉引盘，当初因釉面有裂痕，贯入的细纹上也染有色斑，方才留下作了自用。但它那落落大方的姿态，却在年月流逝中愈见优美。

拘泥于此，就只是站在了器皿世界的入口，尚未深入到殿堂的内部。我常常想：可惜啊，明明可以更深刻地领略粉引的魅力……

在此我想提议的是，去跟器皿建立更深的"交往"。要做到这一点的关键是，尽量多浏览各种粉引作品，迈开腿多跑艺廊、专卖店或百货公司的陶瓷专柜，实际比较市面上归类为粉引的各种器皿，就会了解它们之间到底有多么不同。鉴赏器皿的眼光，是在大量观看的过程中逐步养成的，慢慢地，就有能力清晰辨别它们之间的差异了。另外，不要只涉猎现代器皿，东京驹场町内有一间日本民艺馆，以及藏有陶器的美术馆，希望大家多跑跑腿，去把所有的粉引作品都欣赏一下吧。不知它们将用怎样美丽的风姿迎接您的到来呢。只要去接触那些历经岁月洗礼，出落得更加气度不凡的器皿，您对粉引的印象，一定会大为改观。它们的特点不仅仅是"白"而已，美感的深层内在中，还蕴含着更为动人心弦的东西。

和器皿交往，就是要无所顾忌地使用它们。陶土的肌理会越用越柔润光滑，捧在手中的感觉也会随之改变。对于器皿发生的这种变化，我称之为"成长"。再没有比用自己的双手去"养育"它们更快乐的事了。

但是话说回来，也再没有粉引这样外观"乖巧"，实际特难对付的器皿了。稍不注意，釉面就会生出褐斑。为了避免这一点，建议启用之前先拿淘米水煮一遍。不过，在我内心还有另一个真正的声音：自打用起粉引后，连一个斑痕都没生过，这样果真好吗？难免让人有一点疑问。

粉引的斑痕，又称为"雨漏"，作为一道特殊的"风景"而备

村木雄儿 / 粉引鹤嘴钵
直径 8cm × 高 8cm

粉引的鹤嘴钵,酝酿出一种潮润氤氲的氛围,不仅可以用作酒具,还能拿来倒水倒调料,是愿意时常备在手边赏玩爱抚的一款日用器皿。

受推崇。学会去爱它的斑点,可能是一种与它更为亲近的"受洗仪式"。假如说,任何经历都将增添我们了解事物的兴趣,那么即使知识在过程中十分重要,光有知识依然是不够的。真正想了解一件事物的话,亲身去感受才更加不可或缺。所以,我想毫不客气地说:就尽情去使用它们吧,稍微冒出几个斑点什么的,根本不足为惧。

把斑点和瑕疵,都当作与心仪的器皿进行交往的起点,就等于拿到了钥匙,去开启一道"欢迎光顾美丽世界"的大门——这样一想,心情似乎会明朗不少。为了多多使用器皿,与之变得更加亲密,就选一只来亲手养养看,随着时间推移,你会目睹它身上的变化。极具"栽培"价值的粉引,绝对是最有趣的一类器皿。

无论是启用时的预处理,还是日常养护的方法,每件器皿都各有不同,请您务必不要客气,在艺廊里向作者本人直接请教吧。说

小山乃文彦 / 粉引花形小碗
直径 13.5cm × 高 6.5cm

小山家自用的一款小碗，随着时间推移，表情也变得截然不同，是个很好的例子，让人领略到"养育"粉引多么具有意义。

得啰嗦一点，就算是同一位作者，有时也会更换原料土或烧制工艺。慢慢习惯起来以后，您就会明白每件器皿的个性。不要惧怕失败，跟器皿推心置腹、毫无保留地交往，才是至关重要的。

手绘青花瓷器皿,各种纹饰表情丰富、活泼灵动。焕发生命力的笔触,令这款瓷盘充满了律动之美。

青花瓷的潇洒

打从何时起，各种花纹图案开始渗透到了我们生活之中呢？在和服不再作为日常服饰的今天，供花纹活跃的舞台，恐怕只剩下手帕和汗巾了吧。当然，器皿上也绘有花纹。其中，最具代表性的就是青花瓷。青花瓷的纹样里，不会出现风格奇特、"不走寻常路"的那种。碗盘上描绘的，大体上都是在哪里见过的、人人皆知的熟悉款色。

所谓青花瓷，是指用含有氧化钴的色料在白色素坯上描绘花样，再施以透明釉，最后用高温烧成的瓷器。器皿的表面，有花、草、鸟、兔、鹿等各种动植物图案，而真正决定这些纹饰呈现水准的，是画师运笔时的功力与造诣。就如同网球的扣杀，提笔回锋时的动作是否干脆利落，非常关键。犹豫、黏滞、拖沓的笔触，则毫无魅力可言。那些我们尊奉的陶艺名家，运笔时连身体都会随之带出流利跃动的

村田森／青花瓷芜菁纹深盘
直径 16.5cm × 高 4cm

各种花色、形状、尺寸的青花瓷迷你碟、酱油碟、豌豆碟（直径小于5厘米）等，小巧可爱，又兼具实用性，让人忍不住想搜集齐全。

节奏。笔锋"断"得痛快，观之也神清气爽。画师若对笔下的事物倾注了深厚的爱意，画出来的东西就会饱含生命力。假如着眼于线条的话，我以为，当数洒脱豁达的线条最有意趣，就像一个人踩着木屐，呱嗒呱嗒，昂首阔步。这样的线条清爽、坦荡、俊逸，想达到这种境界，可以说，谨小慎微、仰人脸色的虚伪态度是行不通的，画师本人要有由衷的真诚，不带一丝怨气，如此绘出的线条才堪称逸品。这些，都是我领悟到的真实感受。器皿每日与我们面面相对，为我们所用，因此决不能挑选格调低下之物，要使用气质高洁、魅力动人的好物。

有时，我也会仔细欣赏古代青花瓷的纹饰，依然为其笔致的潇洒俊逸心折不已。那些描绘日常情状的图纹，例如花草、虫鸟之类的身边之物，在对它们进行观察，眼含笑意赏玩爱抚的同时，似乎也注视着它们的生命与灵魂。除了纹饰华美高贵的逸品珍玩之外，庶民日常所用的茶碗、蘸料盅等，一些通常只缀有简单格子纹或藤蔓纹的器皿，也能让你从中感受到作者本人的思绪。那是一双多愁易感的眼睛，在某个漫不经心的寻常日子里，从偶然邂逅的事物与风景中体会到的，生命的短暂、寂寞与虚空。

在瓷器上描绘花纹，是一门需要张弛有致、疏密相间、虚实相生、懂得留白的手艺。这种"间"的存在，也就是"留白"的效果，可谓举足轻重。如同作画一样，想要在盘或钵的有限背景上去建立平衡的构图，就必须拥有敏锐的空间意识。领会"留白"的美学，要求观赏者具有高超的品位。虽说对纹饰的喜好每人各有不同，但我还是推荐您置办几款手绘的小碟放在身边，假如能感到瓷器上的花纹与生活之中或身边的事物渐渐贴近起来,也便值得欢呼万岁了。在小碟儿里滴上几滴酱油,美美享用一盘白肉鱼刺身吧。现代生活中,或许已很难找到在壁龛里悬挂四季水墨卷轴的风雅,但置办几件好看的器皿,就能轻松体会优雅的滋味了。餐桌上也会呈现妙笔勾勒的美景,潇洒至极。

令人愉悦的南蛮烧缔

南蛮烧缔，是一种无釉陶器。制作方法是在土胎成形之后，不施釉药，直接放入通称为"蛇窑"的细长形窑炉里长时间煅烧，将泥土原有的特质充分发挥，使烧成后的器皿呈现出形形色色的样貌。它们与连房式登窑烧出的备前烧[1]有所不同。南蛮烧缔的魅力，归根结底，在于那种泥土本身的遒劲风骨。入窑时摆放的位置不同，成品的发色也各有差异，有些闪着银色或金色的光泽，也有些呈现出黑或茶褐的混色，还有的，则变化出红色或紫色等，单单一件器皿，往往就能呈现出丰富多样的表情。这些器皿的"脸上"，看不到一丝造作玄虚，件件坦荡质朴。如此一来，你根本无法定义哪种样式算是所谓的"正统"，它们各有各的气度。这一点，也是南蛮烧缔

---

[1] 备前烧：古代备前国，即今冈山县东南部备前市一带出产的陶瓷品类，特点是单纯使用各种不同的泥土，不上釉、不绘彩，完全靠火炎和技巧来制作陶瓷，强调泥土原有的温润质感，使肌理呈现出自然而丰富的纹样，具有暖意之美。备前国，拥有日本六大古窑之一，发祥于平安时代，拥有千年历史。

烧缔的陶碗，向手心源源传递着泥土的暖意，令人发自肺腑地感受到，每一颗饭粒的来之不易、弥足珍贵。

的魅力所在。

　　看惯了施有釉药的器皿，或许不少朋友会对烧缔接受起来有些困难。那可是太遗憾了。为何这样说呢？因为，再没有比南蛮烧缔更令人愉悦的器皿了。最初显得粗砺的肌理，会愈用愈有光泽，渐渐变得温润、服手，表面光滑平整，让人怀疑是不是涂了什么玻璃釉，简直如同魔法。

　　当然，通常料理店爱用的南蛮烧缔器皿，过于具有厚重感，气势迫人，或许不太适于搬上普通家庭的餐桌。所以我想，入门第一款，不妨以饭碗、酒盅之类的小件器皿作为开始。它们体量虽小，却很有存在感，上手使用的机会较多，也易于"培养"。让我们一起成为南蛮烧缔的忠实粉丝吧。

石田诚／南蛮烧缔饭碗
直径 10cm × 高 5.5cm

用来盛放四季蔬菜，可欣赏食材鲜嫩的色彩。带有素朴纹饰的肌理，随时光推移，渐渐变得手感更为柔润细腻。

纯正的三岛手真品

希望每位钟爱器皿的人，都能拥有一件三岛手。三岛手，是朝鲜李朝时代盛产的陶器品类。只要您移步东京驹场町的日本民艺馆，就能观赏到作为常设展品的精美三岛手器皿。

趁土坯尚未干透之时，用木片在其上勾出花形规则的纹路，而后在凹痕内填入白色化妆土，再将表面抚平，最后便会留下鲜明的纹饰。和同样施以白化妆，用釉笔一气呵成在表面刷出"笔痕"的刷毛目，两者皆属于粉引。粉引的制作者为数众多，也有一般流行的为大众熟悉的形象，而三岛手的制作工艺更繁琐费时，所以似乎不如一般粉引那么受大众喜爱。

三岛手的魅力在于素朴而具安心感的外形，情态含蓄，颇有令人愉悦的情调。这里我所说的情调，大概是一种东洋独有的审美风格。三岛手纹饰散发的独特氛围，触动着观者的心绪，让人不禁为之沉醉——啊，究竟是怎样的人，才能做出如此美妙的器皿呢！当你凝望它时，若能感受到作者本人的气息，便能瞬间拉近与器皿

村木雄儿 / 三岛手深盘
直径 19.4cm × 高 6.4cm

的距离，顿生亲近之感。经由一件器皿，便可展开想象的双翼，不管与作者隔着怎样的距离，或分处于怎样的时代，都没关系，仅仅通过眼前的器皿，便能体会到作者的精神——教会我这一点的，正是三岛手。

当然，即使同一位作者，每天身体的节律也不尽相同。三岛手是那种深具"现场感"的器皿。如若可能，当您邂逅一款"非我莫属"的三岛手时，希望不要放过机会，该出手时就出手。爱喝酒的朋友，建议入手酒盅、酒壶，或者用来盛料理的深盘也不错。三岛手十分时髦，跟瓷器、玻璃器皿都能和谐搭配。持续用上一段时间后，它们会绽放更加美妙的韵味，最初粗砺的陶土肌理，会因使用而渐渐变得柔滑、细腻、服手。纹饰清晰犹如打印的三岛手，似乎较难期待它们会随时间流逝产生样貌的变化，但现代作者当中，也有忠实于古法工艺，全神贯注制作三岛手的陶艺家，他们出品的器皿，应该具有悉心"养育"的价值，为您每日的餐桌增添更多乐趣。

不知为什么，只要拥有一款三岛手，就会忍不住自得，话里话外显摆起它们的好处来。发现一款风格纯正的三岛手真品，在使用中鉴赏和把玩，假使这样的爱好者越来越多，它们的魅力就会为更多人所了解吧。

融化于白瓷

我会时不时冒出寻找一款美丽白瓷的念头。我想，为白瓷倾心的人，追求的恐怕是这类器皿里蕴含的一丝母性。被白色温柔包裹的感觉，若即若离，仿佛随时都会失去，又仿佛仍沉浸其中，温暖而惆怅，是一种十分复杂的情感。大约来自存在于我们每个人身体记忆之中的、对母亲的留恋和憧憬。作为一种质地坚硬的瓷器，却能让人生出愿意为之交托身心的情感，器皿这种东西，着实不可思议。而具有这种神奇效果的器皿，非白瓷莫属。白瓷的肌理，坚硬中透出温柔，丰腴而具安心感，有种端丽高洁的美态。

大阪市立东洋陶瓷美术馆的藏品中，有一款明治文豪志贺直哉深爱的白瓷壶。此壶当年被志贺直哉寄赠给某寺之后，曾遭遇盗窃，被窃贼毁成了碎片。如今，拜神奇的修复技术所赐，又能在美术馆中欣赏它复苏的美丽容颜了。我每次前往大阪，都会去看这只壶。只要凝望着它，就会感到身边的一切都远远消失了，甚至忘记了时间的存在。静静端坐于玻璃柜中的大壶，仿佛在告诫我们：要珍惜当下！

杯柄的圆润，配合了手指的曲线，用起来舒适又称手。随年岁流逝而改换的容颜，印证着我与它共度的时光。

我和器皿有一个约定

有时,在劳累一天之后,我会坐在椅中,望着放在桌上未曾收掉的咖啡杯出神。这件器皿,已经用了十多年,与我十分亲密。它姿态低调,杯身圆润柔和,是涂有白色哑光釉的半瓷器皿。起初,它色调更白,而随着年岁流逝,渐渐染上了其他的颜色,杯缘也多了几处缺损和宽大的裂纹。这是在京都从事陶艺制作的藤森知佳子女士的作品。

望着它,我时常会发出不可思议的感慨。仅仅是一只杯子而已,内里却凝聚着一些莫可名状的东西。那毫不犹疑、匆匆流去的往日时光,便这样再次呈现于眼前。我与这只杯子的关系,拿去向任何人倾诉,也未必得到什么共鸣,因此我从不随便向人提及。不过,那种难以为他人理解的关系,的的确确存在于我与它之间。

不为人知晓的承诺,就如同一场隐秘的恋情。比如,"享用早

藤森知佳子 / 白釉咖啡杯
直径 8cm × 高 7cm

森冈由利子 / 白瓷碗
直径 15cm × 高 7cm

柴窑烧制的美丽白瓷碗,质地细腻通透,肌理柔润,格调优雅,令人爱不释手。

晨的那杯咖啡，我从来都只用你"——这样的一份约定，在多数人的理解之中，或许仅仅是"用自己专属的杯子喝咖啡，当然特别美味"。然而，我与它之间，却并不属于这种轻浮又表面的关系，而是更为坚定的联结，是一种彼此间的信赖——"我不会用你盛放其他的东西，从而陷你于不幸，也不会让你感到寂寞孤独"。就如同男女之间的恋情，一句话很难描摹。这件事实在神奇，无论是情感投入的程度，还是郑重其事的心情，都稍微有点滑稽，有时连我自己都会觉得好笑。

虽说器皿众多，能够让我甘愿缔结这种"秘密约定"的，却少之又少。一般来说，饭碗、酒盅或茶盅之类的，或许在列其中。个人用来取菜的小碟，似乎也不排除。说到底，所谓"心爱的器皿"，就是个人趣味的体现，当中凝聚着持有者本人强烈而深刻的情感。因此，假如被别人拿去用了，主人甚至会妒火中烧，心神不宁。

说到对器皿怀有的独占欲，听起来似乎让人难以置信。但假如把十位热爱器皿的人聚在一起，其中有八人必定会赞同我的说法。不知不觉中，渐渐愈用愈温存顺手，时不时会用嘴唇去触碰，犹如蜜月一般，带着亲昵又私密的色彩，有时还会因对方烦恼——所以，眼看自己心爱的器皿被别人占用，竟然还能保持宽容？说这话的可真无聊。爱器皿这件事本身，就如同恋爱，总是稍稍有点自私任性的。真是可悲又可笑呢。

与器皿结缘

缘分这东西着实奇妙。有时擦身而过也浑然不觉,有时恰好一次微小的机缘巧合,就拥有了美妙的邂逅与聚合。提到什么"人与器皿的缘分",对于一般人而言,听上去也许终究有些夸张。但实际上,我确实感觉与心爱的器皿之间,有深深的缘分在牵引。

器皿本来由泥土所制,将黏土塑形后再以火烧。对这一诞生过程,您或许并不在意,这也无所谓。不过,一款器皿恰好来到自己家中,在每日生活中神态安详地陪伴在自己身边,这样的概率却极低。而陶艺师的作品,数量本身更加有限。

我曾经问过小野哲平,平时工作的产出频率。据说,不停转动辘轳制作饭碗大小的器皿,一天最多也就只能做出三十个左右。虽说会场的大小各不相同,但在镰仓我自己的艺廊举办个展的话,从一位作者手中最多只能收集三百到五百件作品。为了举办个展专门制作的器皿,不可能悉数运到会场来,被作者本人挑剩下的那些,就留在了工坊。

个展首日，会有大量客人前来参观。他们把器皿取在手中，翻来覆去，掂量器皿的分量，最后挑选其中最为满意的一款。单就某一个品类来说，比如有六到十件左右，虽说数量不算少，但每件器皿尽管隶属同款，却又各具差异。前来观赏的客人们，全都精挑细选——从重量，到釉料的稀稠厚薄，以及涂刷是否均匀……要样样都确认之后，才选定某款。仔细鉴别每款器皿的不同，是件十分累人的事，花费的时间越久，越是忘记了自己最初相中的到底是哪一款。甚至时不时会陷入迷宫，找不到出口。

这种时候，就要把犹豫不决的几件器皿一字排开，换一种心情，用新鲜的眼光从头打量。而且，我会从旁提醒："这里面哪一款器皿，您会希望它成为自家的一员呢？就抱着这样的心态去挑选好了。"如此一来，那些反复纠结的客人，就会调整一下呼吸，换上一副深思的表情，再次端详眼前的器皿，并一一拿在手中掂酌，最终下定决心，毅然决然地拍板："好！就要这件吧！"其实我早在心中猜想过：这位客人八成会挑中这款器皿吧。最后也果不其然，几乎百分之百命中。与其说是被我猜中，倒不如说我留心听到了器皿的呼喊："选我吧！快选我！"正因如此，那位客人才会挑中那款器皿，而我也会猜到客人选择的结果。老实说，我是真心这么觉得。

这样的时刻，所谓"与器皿的缘分"，究竟出自于人自身的选择，还是器皿挑选了它的归宿呢？无从知晓。那件最终被选中的器皿，安身落户在某个人的家中后，一定会露出得意的表情。

清洗器皿的快乐

这件器皿，能用洗碗机吗？经常会有客人这样询问。几乎每次，我都会回答"可以"。不过，刚开始启用的时候不行。用过一阵子，器皿得到比较充分的"培养"后，就没问题了。洗碗机也好，微波炉也罢，曾经都被誉作"现代文明之力"，不过，这种说法也早就显得十分老旧过时了。对那些从一出生起，身边就充斥各种现代机器的年轻世代而言，有使用限制的东西，只会让他们敬而远之。这样一来，陶瓷器皿的未来也就相当危险了。好吧，我想，作为一个以传承陶瓷艺术为己任的人，就尝试用洗碗机把所有器皿都洗上一遍，来个实际检测好啦。

结果呢，我家的器皿因为使用洗碗机而被弄坏的例子，一个也没有。

仔细想想，陶瓷器皿各个都经过了逾一千一百度高温的烧制，远没有那么脆弱。当然经得起强力的水流和急速的干燥。

只是，在此有一点需要强调。

我必须告诉大家，用手刷洗器皿的那种快乐。因为手洗能获得快乐，所以器皿就理该手洗。饭后的餐盘，饮茶后的茶盅，早已用顺手的酒杯……它们的肌理、形状、质地，以及清洗时的喜悦，样样都仰赖我们的双手去感受。

清洗的顺序，应该从大号的器皿开始。大盘与八寸左右的碗盆，哪怕只是掂掂它们的重量，心中就会格外满足。那是我们一日三餐的分量，理当心怀谢意。看着心爱的器皿，舒舒服服浸泡在水槽之中，那种状态，实在健康活泼、惹人怜爱。器皿的底部也要仔细洗净。感觉稍微有些蹭手的地方，是圈足裸露出来的、未施釉药的土质部分。所以对待饭碗，要先清洁碗壁内侧，把觉得沾了饭渍的地方全都沿圈洗净，最后再翻过来洗碗底的土质圈足。那是最能感受到器皿泥土质地的瞬间，格外惬意，是自己与器皿短暂分享的一个小秘密。对待茶盅，要好好欣赏它表面的贯入，细细的裂纹，恰恰是没有裂纹的幸福日子里积累所致。只需一瞬，短短数秒，就可以从中窥见自己积累的人生时光。

全部洗好之后，要用洁净宽大的厨巾逐一擦干。听它们发出"格叽格叽"的歌声。

再没有比擦拭洗干净的器皿更开心的事了。把这种"肌肤相亲"的机会转让给洗碗机？啊，该是多么可惜！

需要赘言的是，有些男人觉得洗碗是女性的工作，我劝他们务必亲自体会一下手洗碗盘的乐趣。在日复一日的生活中，再没有比刷碗更棒的精神修炼了，它能平和我们的心境。清洁器皿的时间，就是一段关照心灵的时间。最初，你可能不太习惯，但仍旧不妨体会着这件事的意义坚持洗下去。慢慢地，你会变得专注起来，触摸到陶土的肌理时，会感到周遭格外静谧，心境也愈来愈澄澈宁静。即使再繁忙的日子里，也尽量腾出时间与自己的食器亲密接触吧。那一刻心头涌起的会是什么呢？请您务必去实际感受一下。

鹤见宗次 / 手捻花器
直径 17cm × 高 23cm

村木雄儿 / 粉引花器
直径 12cm × 高 17.5cm

粉引的柔润白色调，呈现出素朴的韵味，非常适合用来插放野花，将之摆在房间里的时光，也因此充满了可爱迷人的情调。

入手一款花器吧

许多人都在寻觅插花用的器皿，却又抱怨说，"总难遇到一款满意的"。对此，我深以为然。我自己也时常发愿，希望能邂逅一款理想的花器，但轻易也遇不上动心的。对于陶艺师来说，花器在造型方面十分具有挑战性。只不过，从实用性来讲大概不如食器吧，所以在购买的优先顺序上，花器容易被排得比较靠后。明明在自己的"心愿清单"上位居前列，可终于到了做决定的时候，又会推后说："下次吧。"因此，我总禁不住会想：正是这两种矛盾的心态结合在一起，才使供需的生态向着负面发展，造成了如今陶艺师口中抱怨的"即使制作了花器也卖不出去"的状况。陶艺师既不敢尽情地出品花器，购买者也总是一器难求。于是，这样的状况愈演愈烈。

如果是这样的话，解决策略就很明确了。陶艺师们要尽量增加花器的产出，艺廊也要努力制造机会，让器皿爱好者们更容易近距

鹤见宗次 / 手捻花器
直径 17cm × 高 29cm

手捻花器的不规则外形，可以依据鲜花的种类，调整器皿的面向，决定哪一面为"正面"，十分适用于花艺。

小野哲平 / 梳痕花器
直径 16cm × 高 16cm

花艺作品，草花屋・苔丸，赤地光太郎。

离接触并购买到中意的花器。美丽的事物能够丰富我们的心灵。信息过剩、压力极端饱和的现代社会里,花器更加必不可少。白色肌理的粉引或白瓷、发挥原土特色的土陶器,以及素朴的南蛮烧缔等,只是惊鸿一瞥,就让人坠入情网……愿我们都能与如此值得钟爱的花器共度美好时光。

吉冈万里 / "墨西哥小人儿卡洛斯"之彩绘六寸盘
直径 18cm × 高 3cm

彩绘盘是让人永远看不厌的器皿。选择这样一款手绘的餐盘，能给自己带来欢快明朗的心境。

为厨房装饰几只彩盘

只要在家中摆上几只彩盘,就会拥有幸福的心情——世上或许流传着这样的箴言。但凡打开外文图书或海外的影视剧、纪录片,总会看到其中人家的墙壁上装饰着五颜六色的彩盘。尤其在厨房,装饰彩盘仿佛成了一种习俗。善于对时代背景详加考证的海外影视剧,对衣食住行的所有细节,都进行了精细入微的刻画,极具观赏价值。日本的影视剧也同样,在一些厨房的镜头上很能看出美术指导的造诣。对那些不动声色亮相在镜头里的器皿,若能从中感受到制作者倾注的爱意,我会十分高兴。据说,还有把爱好器皿的男演员的私人收藏拿来做小道具的例子。的确,假如能依据主人公的性格与爱好,极为严谨地挑选日常使用的器具,毫无疑问,故事就会更有底蕴和意趣。

话说回来,厨房这种地方,即使国家不同,也往往有相似的氛围——一方面是料理食物时的郑重，一方面是温馨、欢快、明亮。食物皆是有生命的，我们享用着它们的生命能量。因此，厨房是最严肃且充满感恩之情的地方。在这里，我们希望自己身心洁净、神清气朗。于是，用散发欢乐气息的彩盘来加以装饰，最合适不过。这一点可谓"万国共通"。在如此快乐缤纷的地方，幸福也自然会到访吧。

器皿的收纳

食器的收纳问题，令人头疼。对于器皿爱好者来说，收纳，事关存亡。常有人抱怨说："餐具柜早就塞满了！"这话可谓道出了真髓。每增加一款新藏品，就得处理掉一款旧器皿——听到这种对策的时候，我想象了一下那番情景，不禁为之心痛。只要新丁加入，老人中的某位就不得不被清除让位，这种淘汰实在残酷。啊，真是抱歉！仿佛上演着这样的悲剧：昨日还相偎缱绻的一对恋人，可能转眼间就因为一个荒唐的理由不得不生生分离。我几乎能听到它们的悲鸣。

收纳的窍门，在于将需要利用的物品尽量放置得易取。用完，收起。收起，再取出。这样的简单动作，只要能毫无障碍的执行，那么不管哪种收纳方式，都无所谓。利用率高的器皿，不要放入带门的餐具柜里，把它们按照功能或形态分组叠放即可。晚餐时用来

鹤见宗次的手捻盘,与阿南维也的白瓷盘组合成套。收纳注重的是取用和收起时的便利度。按照器皿的功能或用法,将它们分成不同的组合套装,没准儿就能获得收纳的灵感。

小酌几杯的酒器，分为一套；或按照使用人数，分为一套。考虑好这样的组合形式，从一开始就安排好它们的使用与摆放问题，这个过程尤为有趣。只要把饭碗、茶盅、竹篮巧妙活用，就能做到美观的收纳。收纳这种事，虽然的确有它的极限，但假如您能留意到"餐具柜并非放置它们的唯一可用之地"，脑中自然就会浮现一套自身独有的、更为巧妙的收纳方法。只有一点，那就是需要注意摆放的通气性。为了避免器皿生出霉斑、潮菌和异味，要像爱护心灵一样，让它们在通风良好的地方悠哉度日。

应季的时蔬，满满地盛放在陶质皿中，扑鼻的浓香，正是生命力的现。面对它的同时，也从中获取了满的力量与元气。

工作的器皿，美味的器皿

我居住的镰仓，是个保留着浓郁生活情调的小镇。街道两边林立着蔬菜店、肉店、鱼铺、酒铺……保障了市井百姓的日常生活。这里有山有海，虽说是风景区，不允许建造高层建筑，但头顶也因此很少被遮挡，天空格外宽广。

每天工作结束后，我会去蔬菜店购买食材，挑选当日看上去最美味的那些，然后用几种简单的调味料：盐、纯米酒、麻油或橄榄油，动作麻利地烹调一番。不过，绝不是别人口中嘲讽的那种"随便蒸蒸或炒炒的料理"，而是做一道精美的菜肴。当季的时蔬风味最佳，比任何食材都更鲜美，要在色香味俱佳的瞬间，趁势起锅

---

1 中野釉："中野烧"，今称"小石原烧"的施釉工艺。即以福冈县小石原中野皿山一带开采的黏土作为原料来塑坯，再以稻藁灰、杂木灰、长石、黑褐色铁锈土等混合成釉药，烧制而成的陶器，从元禄元年（1592年）起至今，已有四百多年历史。

小野哲平 / 中野釉[1] 大盘
直径 27cm × 高 5cm

装盘。此时,搭配风格醒目的器皿效果最为出色。最具风味的食材,就该拿最具风情的器皿来享用。不这样做,会遭受上天的惩罚。其实呢,我更想说的是:一定要将食材之美与器皿之美两相结合,去呈现料理的美味。

盘、碗、盆之类,用来盛放料理的食器,不必拘泥于陶瓷质地,只要款式美丽、落落大方就可以。这样的东西不含虚假,英姿飒爽,又不乏风情。要像挑选鲜嫩的时蔬那样,挑选元气满满的食器。每顿饭都亮相于餐桌的食器,才是最辛勤的劳作者。它们满足了我们的心灵,勾动着我们的食欲,因此绝不可轻慢对待。

有关器皿的"可爱考"

据说，日语中的"卡哇伊"，也就是"可爱"这个词，正在成为一个全世界通用的表达。会有一些女孩子来到我的店中，在看到某款器皿的第一眼，就互相应和地赞叹道："好可爱啊！"她们为什么会有这样的反应呢？慢慢地，在不断思索这个问题的过程中，我领悟到：或许是因为，"可爱"这个形容词里，蕴含着一种对逝去之物的留恋之情吧。

尽管现代都市的规模急剧膨胀、家庭的形式也日益向核心家庭发展，但每逢盂兰盆节和新年，人们仍保留着回乡的习俗。那时，获得的各种器皿的印象，对于孩子们的眼睛来说，也曾十分新鲜吧。在人与器皿的关系深处，蕴含着一种怀旧感，以及自己被包容守护的安心感。这么说来，我想起在那须的 SHOZO CAFE 举办陶瓷展览的那次，当展品都搬入展厅之后，我突然察觉自己身后站

这款绘有彩色心形图饰的咖啡杯,十分可爱。放在餐具柜里,每次视线相遇时,它都会向我打招呼:"你好吗?"是个非常机灵的小家伙。

着艺术家奈良美智先生,不由地吃了一惊。先生说,瞧着这么多器皿整整齐齐陈列起来的样子,就好像参加亲戚家的宴会。原来如此。在我自己的记忆当中,关于酒壶和酒盅的印象,也是来自于亲戚汇聚一堂的宴席,跟我和亲爱的堂表兄弟们嬉戏玩耍的画面联结在一起。

如果说,"这件器皿,我好像在哪里见过",那是因为,当年与某件器皿接触时形成的记忆,在大脑的某个角落里被碰触和激活了。是印刻在头脑之中的记忆,唤醒了自己对眼前这件器皿的亲密与留恋之情。所以"可爱",或许也是一个有关亲密与回忆的词吧。

吉冈万里 / 彩绘马克杯
直径 9cm × 高 10cm

小野哲平 / 失透釉[1] 茶壶
直径 8cm × 高 8.5cm

村田森 / 琉璃釉茶壶
直径 9cm × 高 12cm

两款水壶，壶柄形态粗大，手握时感觉舒适，背影亦有一种迷人的韵味。

造型礼赞

选购器皿的时候,最注重哪一点,才能避免失败呢?曾经,有客人这样问我。大概是出于这样一种殷切的想法吧——在收纳空间有限的情况下,购置派不上用场的器皿,这样做不够合理,于是,只想买保证能用上的那一款。

以前,有位客人在面对石田诚的两款红毛手酒壶时,曾犹豫再三,迟迟不决。我也跟着一起帮她发愁。其中一款,形态端正,壶口与壶身比例玲珑,造型相当精巧;而另一款,壶口大开,相反壶身却矮矮的,造型胖墩墩,然而素朴率真,并不招人讨厌。这位女客人和丈夫两个人生活,每天都会对酌几杯日本酒,这已成为夫妇间的一种乐趣。她把两件酒壶都拿在手中,掂量着它们的重量,又不时拉远点距离,仔细端详它们的形态。不管哪只,都各有千秋,实在很难分出个高下。这时候,我能告诉她的只有一句话:选择你

---

1 失透釉:指一种白浊而不具透明感的白釉,呈鹅卵色。

龟田大介 / 黄白瓷水罐
直径 8cm × 高 11cm

村田森 / 铁绘鹤嘴钵
直径 11cm × 高 7cm

纯朴而毫无造作，同时又兼具风韵，这样的器皿，姿态中散发出高贵的品格。

会真心爱上的那一款留在身边——假如它搁在手边,每次映入眼帘时,都能让你觉得"它这里真的好可爱啊",那它就是最适合你的那一款。

壶柄的轮廓与曲线、镐纹呈现的韵律感、表面刻意留下的指痕、壶口的边缘、壶嘴的色泽、釉层的起皱不均,甚至稍稍有点歪斜的形状,样样都是成就这款酒壶独特造型的、无可替代的元素。任何器皿都独一无二,绝无雷同之处,真是可爱至极。

平常的一日

作家大佛次郎是位猫奴。他有篇写猫的随笔,其中有一段,是讲自己在患病至临终前的那段时间里,也希望爱猫们能够如常地生活。"猫并不是我的爱好,而是温柔的伴侣。"他如此写道。我把文中的猫置换成器皿,不由地落下泪来。

所谓"如常",恰如字面之意,就是平常而普通的一日。然而,平常这个词汇里,却有要传达的不平常的意义。

"3·11"东日本大地震当日,我人在东京,因交通瘫痪,成为一名有家难回的人。翌日,好容易设法回到了镰仓,战战兢兢拉开玄关大门时的情景,至今想起,仍宛如昨日。我一路奔进厨房,立刻跑向餐具柜检查自己的陶瓷器皿。餐具柜的设计本身,便带有耐震的挂钩。大概由于柜门没被震开过,所以庆幸的是,里面的器皿无一碎裂。我抚着心口,长舒了口气。那日傍晚,我把厨房仅有的几样食材凑了凑，做了一顿晚饭。当我手里端起一件器皿，刚想往餐桌上摆的时候，突然身体里仿佛淌过了一阵电流。这些平日里反复碰触过无数次的器皿，在我用手触及的瞬间，却产生了一种将我体内所有力量顿时抽空的感受。

用自家的餐具吃饭，这种明明理所当然的事情，其实多么值得感恩啊！手心捧着的一枚土陶器皿，它的重量，从未让我感到如此真实。那份重量，仿佛是我自身生存的一种证明。它也从未比此刻更令我珍爱。

到了夏日将尽的时候，渐渐有许多仙台、福岛等严重受灾地区的客人，来访我在镰仓的艺廊。有位客人提到，曾经珍爱的器皿在地震中被毁，曾经一度连看到器皿都觉得心里不舒服，尽管如此，迫于生活所需，也要用勉强凑起来的食器吃饭。不过，这种日子也终于到了忍受的极限，于是才上门来寻觅新的。她不惜时间精挑细选，最后买下了一款柴窑烧制的粉引饭碗。"连看到器皿都觉得心里不舒服"，对于这句话，我除了颔首聆听，别无更好的反应。厨房里到处散落着器皿的残渣碎片，那情景，想起来都觉得痛苦——不外是这样一种心情。假如我有相同的经历，必然也会这么想。这位女士告诉我，慢慢欣赏着眼前的器皿，过程中，渐渐涌出了将一切重头再来的勇气。她笑着说，也要从起点开始，重建与器皿的亲密关系。并且，她给自己和家人都挑选了称心的饭碗，满意而归。

珍重平常的每一天。热爱平淡无奇的日子里平平常常的餐桌。珍惜一款器皿，就是在珍惜生命有限的时间，就是珍惜生活本身。我不禁这样想。

石田诚 / 南蛮烧缔小盅
直径 3cm × 高 5cm

小巧的杯身在柴窑中经历火焰的焚烧，未上釉的陶土，色调发生了改变。一件没有名字的器皿，有时也会成为珍贵而无可替代的宝贝。

关于取名的那点小事

给自己的身边之物取个名字，虽没有夸张到如同为孩子取名的父母，但假如能用这个名字来呼唤它，就会感到与之更加亲密，心里也会觉得这件东西愈发可爱了。镰仓站附近有条商店街叫"御成通"，我在街角创办了一个长期展示器皿之美的空间。开业不久后，就在街对面的"KURONUMA SAN"那里首次消费，买了一只黑色玩具小熊，然后给它起名叫"KURO 酱"。"KURONUMA SAN"是一家创立于大正十二年的纸品店，现在每逢夏季就出售烟花，全年则售卖一些纸气球、水枪之类有古老传统的朴素玩具，就像一个从"人情时代"遗留下来的余韵或是象征，温暖守护着这里的孩童。我是偶尔有一次，在为新店选址四处看房时，从那里眺望到 KURONUMA SAN 的身影，莫名从中感到了一丝温暖的乡愁，对它一见钟情，于是才在它家对面开办了自己的展览空间。

KURO酱身高约7厘米，塑料质地，打扮成蝙蝠侠的模样，有滴溜溜的大眼睛和圆乎乎的大耳朵，惹人怜爱。只要上好发条，它就会倒腾着小腿儿朝前走，样子十分可爱。我在定制一周年店庆的宣传海报时，让它跟石田诚的南蛮烧缔小盅一同亮相，很多客人拿到海报后都纷纷询问："怎么回事啊？"不过，"与器皿一起欢快生活"的理念似乎是传达到了，大家对此的评价都很不错。我把这张照片放大之后贴在了店门前，就会有路过的人进来打听："这只小熊有在卖吗？"杂志来采访时，我讲了这件事，结果报道出来后，KURO酱占的比重甚至超过了我钟爱的器皿。

　　《茶碗的拥趸》是一本发行于昭和五十一年（1976年）的"袖珍本"名著。我会把它塞在手袋里，出门坐车的时候，拿出来津津有味地翻阅。一款朝鲜李朝时代的古董，"井户小贯入茶碗·铭'抚子'"的旁边附有这样一段文字，"所谓小贯入，即是将井户茶碗[1]的传统贯入原样缩小之后的一种类型，表面有梅花皮，整体小巧玲珑，因此又被形容为掌上明珠，俊俏雅致，惹人怜爱。我辈虽求之若渴，不可抑止，但小贯入毕竟世间稀有，简直可称是无望的爱情，呜呼矣……"逐页浏览着作者充满热情的解说，我渐渐觉得，这本书成了一册用来了解世间名碗的入门读物。桃山时代出品的一款鱼皮纹唐津茶碗，名曰"朝阳"；江户后期的一款黑茶碗，名曰"宝剑"。为良器珍品取一个名字来表示尊奉的做法，宣示了茶陶文化的成熟。而另一方面，日常器皿却没有名字。它们籍籍无名的美，也显示出

---

[1] 井户茶碗：高丽茶碗的一种。朝鲜渔民吃饭时用的粗糙饭碗，形状呈牵牛花形，枇杷色，表面常有严重的龟裂、黑色斑点。最特别之处是在底部附近流积的厚釉，产生的一种俗称"梅花皮"的釉变，呈鱼皮状的颗粒凸起。

身为"杂器"的不卑不亢。不过，我不经意间想，假若每个使用者都能随心随性，为自己拥有的器皿取名，那一定很有趣吧。器皿与人之间的纽带，不是一种外在的东西，就如同"吃饭"这件事，每日都在自己的家中再三重复。饭碗、茶盅、酒盅，能否获得主人的钟爱，跟它和使用者之间是否投缘有很大关系。使用时心情是否愉悦，从这份体验之中，说不定会意外诞生出一个特别的名字。

那么，作为一次尝试，现在就来想象一下我家的器皿好了。让我与村田森有了一次"命定邂逅"的小豆碟，就叫它"巴勃罗"好了。村木雄儿的三岛手碗呢？小野哲平的铁化妆圆托盘呢？如此遐想联翩，实在有意思。说起来，我最心爱的器皿，是一款柴窑烧制的无釉饭碗。无论形态，还是圈足的旋削，都有一种飘逸而朦胧的韵味，怎么也看不厌。只要把它捧在手心，陶土的温暖触感就缓缓渗入肌肤，让人心情格外沉静。用这款器皿吃饭，就像听了一段有趣的相声，心境变得十分晴朗。我时常为它能来到我家而偷偷窃喜，并暗自祈祷，今后的日子里也能一直与它为伴。该为它取个什么名字好呢？

不过，尽管明知这是一种自娱自乐的游戏，我到底没能给这件宝贝取上名字。不可思议的是，尽管花了好多时间久久凝望着它，脑中也始终未曾浮现一个贴切的名字。

短暂考虑之后，我决定，假如有一天需要向他人介绍这件宝贝，那我就用包含了最高爱意的"这孩子"来称呼它好了。正是这款最适合"无名之冕"的寻常器皿，成了我的最爱。对器皿的钟情程度，就这样一日深过一日。我与那些偏爱的宝贝们，至今仍处在蜜月之中，而度过的每一个日子，都欢快、舒心、珍贵，且无可替代。

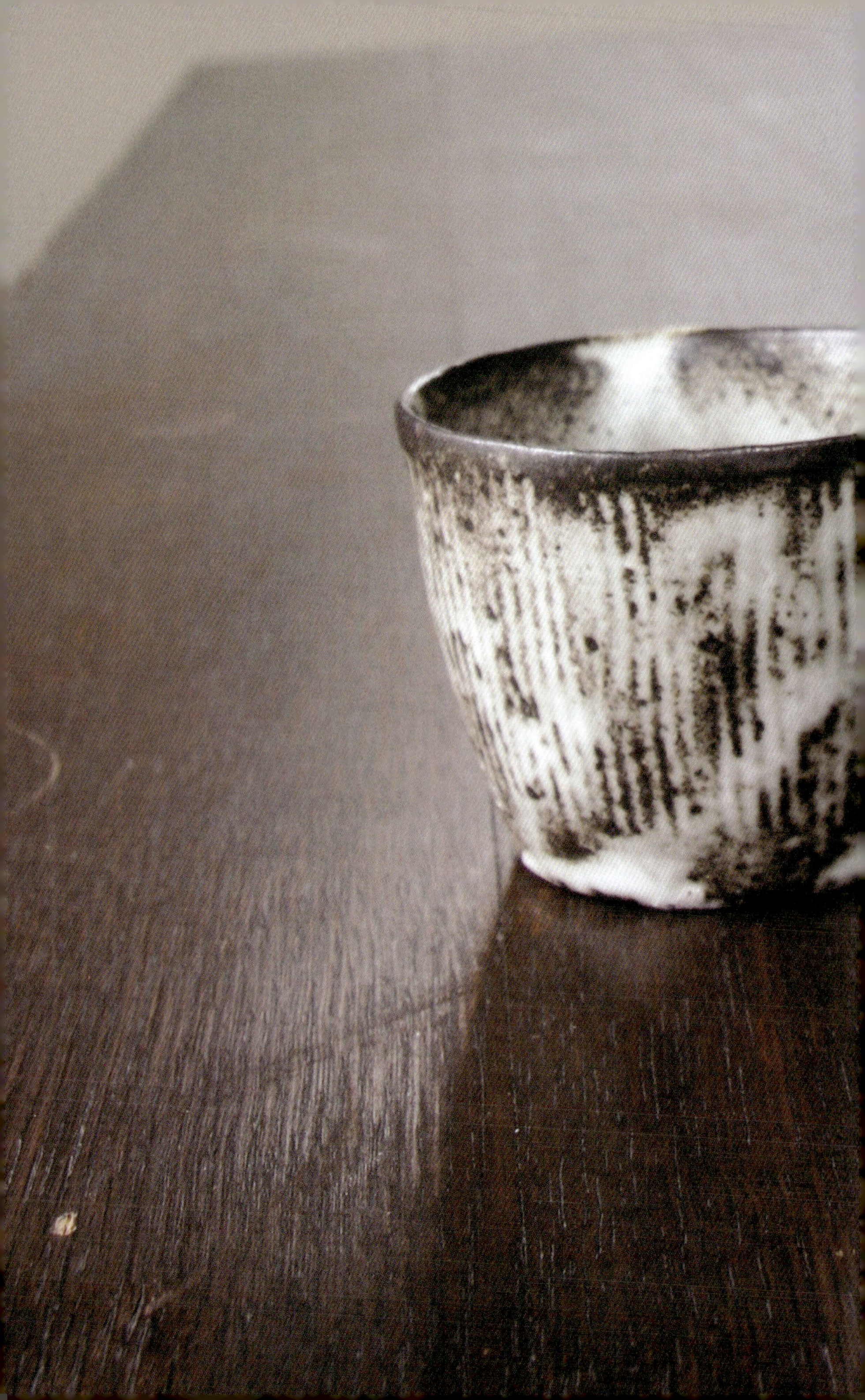

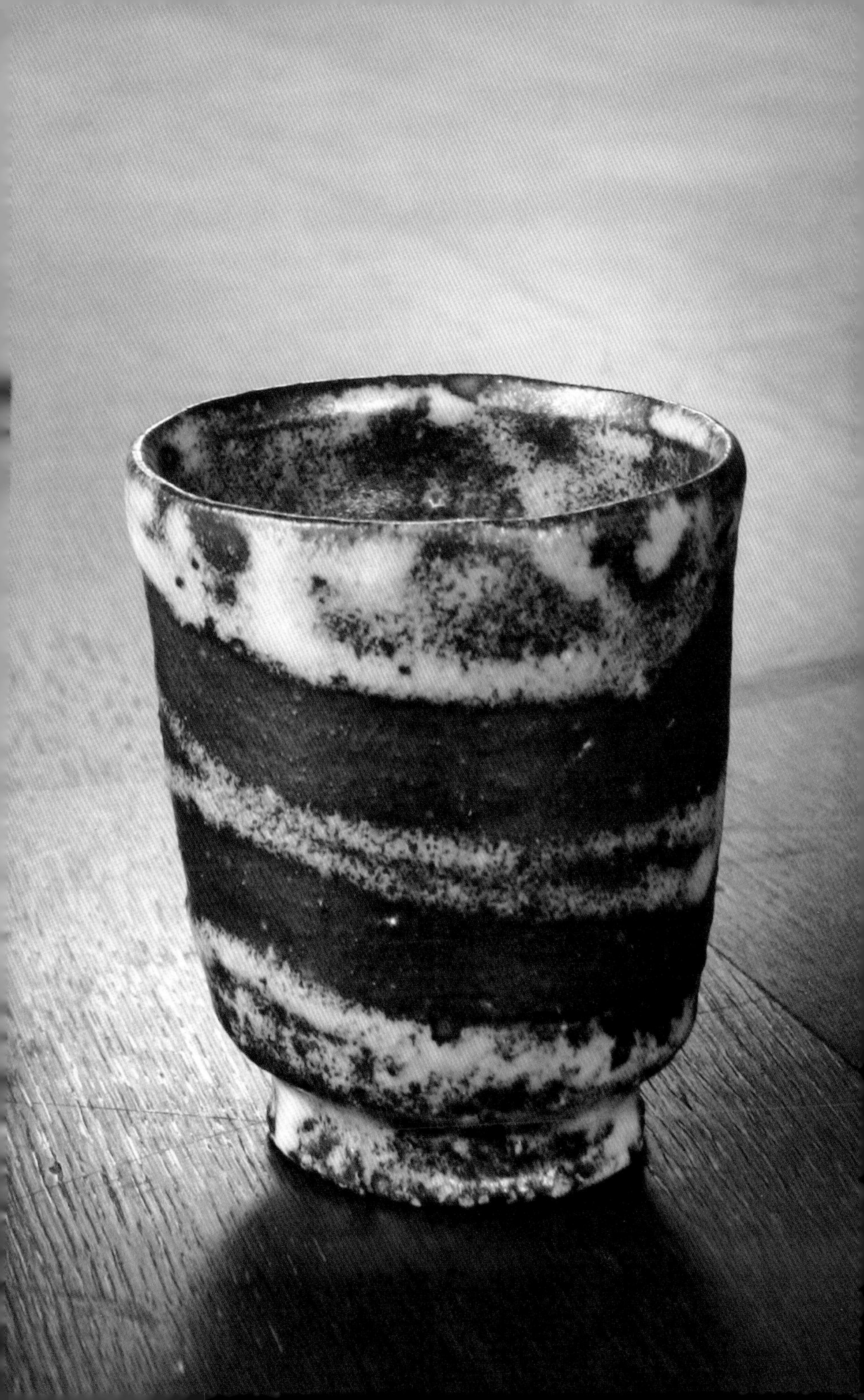

后记

自从拙作《日日之器》在中国台湾和大陆相继翻译出版后，有愈来愈多的海外读者，开始来访我在镰仓的艺廊。超越了民族和语言，喜爱日常器皿的同好逐日增多，为此，我深感喜悦。

说来，已是十多年前的事了，我曾把自家当作艺廊开放展览。某天，接到了一个从帝国饭店前台打来的电话，一名女子在电话那头告诉我："酒店有客人接下来希望去您家拜访。"我问："是从海外来的客人吗？""是的，外国人。"对方答道。我解释说，目前我家正在举办陶艺家矢尾板克则的个人展，处于会展期间。对方回复："没问题，客人对您那边展览的情况相当了解。"

客人的名字分别是约翰和乔治，据说来自香港。至今回想起来，我还记得两人是那么敏锐纤细、充满感性。品尝着我端出的茶，他们会由衷赞叹美味，对日本陶艺家的作品，也确实相当了解。而且，据说两人当时已拥有并使用的，就是小野哲平的作品。

我发自内心地希望，能将自己对器皿的热爱传递给世界上的每个人。不限于陶艺家的作品，只要是用自己心爱的器皿，一家人围

桌用餐时的快乐，无论在哪个国家大概都没有什么不同。并非因为欲望得到了满足，而是热爱美食的心情，本来就谦逊而恭谨，是它们教会了我们肯定人生、赞美生活的乐观与积极。器皿，作为享用美食的道具，陪伴在大家身旁，让我们珍贵的每一天都变得更加丰富多彩。

在此，谨向承担本书装帧设计的冈本一宣、冈本一宣设计事务所的小垫田尚子、《日日之器》后又继续接任本书责编的河出书房新社的木村由美子、高野麻结子，以及将本书捧在手中的每一位读者，致以由衷的谢意。

今日，时光依旧如常流逝。

祝各位与器皿相伴相依，度过欢愉、健朗的每一日。

祥见知生

二〇一六年初秋 写于镰仓

UTSUWA WO AISURU by Tomoo Shoken
Photo by Tomoo Shoken, Yuko Okoso
Copyright © Tomoo Shoken, 2016
All rights reserved.
Original Japanese edition published by KAWADE SHOBO SHINSHA Ltd. Publishers

Simplified Chinese translation copyright © by Beijing Imaginist Time Culture Co., Ltd.
This Simplified Chinese edition published by arrangement with KAWADE SHOBO SHINSHA Ltd. Publishers, Tokyo, through HonnoKizuna, Inc., Tokyo, and Shinwon Agency Co. Beijing Representative Office, Beijing

图书在版编目(CIP)数据

我爱器皿 / (日) 祥见知生著；匡匡译. -- 桂林：广西师范大学出版社, 2019.2
　ISBN 978-7-5598-1358-9

Ⅰ. ①我… Ⅱ. ①祥… ②匡… Ⅲ. ①散文集－日本－现代 Ⅳ. ①I313.65

中国版本图书馆CIP数据核字(2018)第267439号

广西师范大学出版社出版发行
　广西桂林市五里店路9号　邮政编码：541004
　网址：www.bbtpress.com

出　版　人：张艺兵
责任编辑：马步匀
特约编辑：余梦娇
封面设计：柴昊洲
内文制作：李丹华
全国新华书店经销
发行热线：010-64284815
山东临沂新华印刷物流集团有限责任公司　印刷

开本：787mm×1092mm　1/32
印张：6.25　字数：50千字
2019年2月第1版　2019年2月第1次印刷
定价：59.00元

如发现印装质量问题，影响阅读，请与出版社发行部门联系调换。